김상중 장편소설

최후의 결전
안시성

신아출판사

서장 / 5

안시성주와 이세민 / 9

기습 / 27

공성전 / 41

역습 / 69

함정 / 85

토산 / 113

땅굴 / 147

기우 / 161

초대 / 173

선택 / 197

결전 / 215

서장

安市城

주필산 전투가 나의 승리로 끝났다.

고구려의 패배였다.

이제 고구려에게 남은 것은 나에게 무릎 꿇는 것뿐이다.

고구려가 이세민에게 무릎 꿇지 않으려면 이곳에서 막아야 한다.

이제 진격뿐이다.

안시성을 넘는다면 저들은 평양으로 진격할 것이다.

이제 고구려는 곧 내 앞에 무릎을 꿇을 것이다.

나는 절대 이세민에게 무릎을 꿇지 않을 것이다.

안시성주와 이세민

安市城

안시성주와 이세민

안시성安市城주 이름이 양만춘楊萬春이라고 했던가? 지금 쯤이면 주필산 전투의 결과를 들었을 것이다. 수많은 고구려의 병사들이 죽었다. 살아돌아간 병사는 소수일 뿐이다. 거기에 더해 연개소문이 보낸 구원군 대장인 고연수高延壽와 고혜진高惠眞도 항복했다.

안시성주는 두려움과 절망에 빠져 있을 것이다.

"황제폐하, 너른 마음으로 안시성주에게 충성을 맹세할 수 있는 기회를 주시는 것이 어떠신지요?"

역시 장손무기長孫無忌다. 고구려 15만의 구원군과 전투에 지친 병사들에게 휴식을 취할 수 있는 기회이다.

지금 필요한 것은 평양平壤으로 진격해 연개소문을 잡는 것이다. 그런 점을 감안하면 안시성주가 항복을 하는 것이 좋다. 또한 안시성이 항복을 한다면 요동은 모두 점령한 것과 같다.

"사신使臣을 보내서 항복을 종용慫慂하라."

"황제폐하의 관대함에 안시성주는 고개를 조아릴 것입니다."

　수(隋 당나라 이전의 국가)의 양제(煬帝 수의 2번째황제)는 고구려를 수십년 동안 공격했다. 그 결과로 수는 망국에 들고, 난세가 도래到來하였다. 중원의 백성들을 구하기 위해 나와 아버지는 거병擧兵했다. 그리고 당唐을 세웠다.

　힘들게 당을 세웠다. 수와 같이 고구려와 적대 관계를 유지한다면 당도 수와 같은 종말을 맞이할 거라 생각했다. 아버지는 고구려를 두려워했다.

　나는 그것이 싫었다. 아니 분노했다. 황제가 고구려 따위를 두려워 해서는 안 된다. 고구려가 황제를 두려워 하는 것이 맞다. 하지만 현실은 달랐다.

　아버지는 고구려를 두려워했다. 고구려는 표면적으로

황제에게 사대事大한다. 그것이 진실이었다.

 사대는 표면적일 뿐 실제로는 고구려는 유목민족의 맹주역활을 했다. 요동에서 생산되는 철을 이용해 당의 북쪽에 있는 돌궐(몽골)과 여진에게 철제 무기를 공급했다. 그 대가로 당을 약탈하자고 종용했다.

 그런 식으로 시간이 지나면 당은 약해질 것이고, 고구려는 강해질 것이다. 고구려는 자신이 강해질 때를 기다리고 있었다.

 감히 황제를 기만하고 있었다. 나는 가만히 보고 있을 수 없었다. 고구려를 징치懲治해야 했다. 하지만 표면적으로 고구려는 나에게 사대를 하고 있다. 사대를 하는 고구려를 징치한다면 다른 사대국이 반발할 것은 자명했다.

 그렇다고 고구려를 가만히 놓아둘 수 없었다. 고구려의 사대를 끊어야 했다. 고구려를 정벌할 명분을 만들어야 했다.

 명분을 만들기 위해 고구려에 불합리한 요구를 했다. 처음에는 조공租貢을 요구하였다. 고구려는 너무 쉽게 받아들였다. 다음에는 봉역도(封域圖 지도)를 바치라 명하였다.

봉역도 또한 바쳤다.

 나는 고구려가 수양제를 이기고 만든 전승탑인 경관京觀을 허물어 버리길 원했다. 고구려는 전승탑도 허물었다.

 내가 명한 것을 모두 했기에 고구려를 정벌할 수 없었다. 하지만 나는 실망하지 않았다.

 우선, 나에게 사대하지 않는 건방진 자들에게 철퇴부터 내리기로 했다.

 토요혼에는 이정을 고창국에는 소정방을 보내 정벌하였다. 이로써 북의 돌궐(몽골)도 서의 고창국(타클라마칸)과 서장(티베트) 남으로는 임흡(베트남)까지. 중원 사방 모든 나라가 내가 보낸 군사에 무릎을 꿇고 머리를 조아렸다. 동서 9천 5백 10리, 남북 1만 9백 19리에 달하는 대제국 당을 두려워 하지 않는 나라는 고구려밖에 없었다.

 이제 고구려를 정벌할 차례였다. 고구려도 그 사실을 알았는지 고구려의 세자인 고환권高桓權을 볼모로 보냈다.

 나는 고구려에 진대덕陳大德을 사신으로 보냈다. 진대덕은 표면적으로 고구려의 사신으로 간 것이다. 진대덕에게 내가 내린 명은 고구려를 염탐하며 사대를 끊는 계기를 만드는 것이었다.

 진대덕은 고구려의 정세를 노골적으로 염탐했다. 하지만 나의 바람과 달리 고구려는 진대덕을 극진히 대접했다. 적이지만 고구려의 대응은 훌륭했다. 나는 고구려를 정벌할 명분을 찾지 못했다.

 당이 세워진 지 30여 년이 지났다. 그 지난 30년 동안 당은 고구려를 한 번도 공격하거나 적대한 적이 없었다. 수양제의 공격에 피폐疲弊해졌던 고구려는 이제 예전의 성세聲勢를 찾아갔다. 더 이상 기다릴 수 없었다. 더 시간이 지난다면 고구려는 더욱 강해질 것이다. 하지만 고구려는 나에게 명분을 주지 않았다. 내가 절망하고 있을 때 고구려에서 낭보朗報가 날아왔다. 연개소문이 고구려의 왕인 고건무를 죽이고 새로운 왕을 옹립擁立한 것이었다.

 연개소문의 어떠한 명분으로 고건무를 죽였는지 알고 있지도 않고 알 필요도 없었다. 중요한 것은 내가 고구려를 정벌할 수 있는 명분이 생겼다는 것이다.

 물론 고건무를 죽인 것 만으로 명분을 삼기에는 부족했다. 하지만 나를 적대시하는 연개소문이 고구려를 정벌할 명분을 만들어 줄 거란 확신이 들었다. 그리고 나의 확신은 적중했다.

연개소문은 신라를 공격했다. 신라는 나에게 고구려를 막아달라 요청했다. 나는 신라의 요청에 연개소문에게 경고했다. 연개소문은 나의 경고를 무시했다.

나는 미소를 지으며 장엄蔣儼을 보내 신라를 공격하지 말라고 하명했다. 연개소문은 나의 명령을 무시하며 장엄을 토굴에 가두었다. 그렇게 나의 명분은 완성되었고 고구려 정벌을 시작할 수 있었다.

연개소문의 15만 대군이 주필산에서 패배하였다. 대패였다. 나의 예상은 틀렸다. 나는 연개소문의 15만 군대와 이세민의 군대가 대등하게 싸우리라 생각했다. 허나 아니었다. 고구려는 일방적으로 대패했다. 그리하여 이세민의 사신이 안시성에 도달했다.

"자애로운 황제폐하께서 충성을 맹세할 기회를 주셨다."

이세민은 전투에서 승리했다. 그것은 부정할수 없는 사실이다. 하지만 전쟁은 끝나지 않았다.

"안시성주는 무릎을 꿇고 황제폐하의 칙서를 받으라."

사신은 오만했다. 오만을 넘어 거만했다. 그런 사신의 행동에 나의 장수들은 분노했다. 장수들의 분노에 사신의 태도는 거드름을 피우며 턱을 쳐들었다.

"어서 무릎을 꿇지 않고 뭐하고 있는 것이냐?"

승리에 대한 확신인가? 아니면 자만일까? 어쩌면 이세민에게 안시성은 가볍게 넘을 수 있는 둔덕 정도일 것이다.

"황제에게 충성할 생각이 없으니 돌아가라."

"감히. 하찮은 고구려의 성주 따위가 황제폐하에게 충성할 기회를 거부하겠는 것인가?"

"그래, 그러니 꺼져라."

사신은 놀란 눈으로 나를 바라보았다. 항복을 당연하게 생각한 모양이다. 이세민이 고구려 땅에 발을 들인 지 고작 세 달만에 요동에 있는 현도성, 개모성, 비사성, 요동성, 백암성 등 천리장성을 이루는 중요한 성을 함락하거나 항복시켰다.

연개소문이 사력을 다해 모은 15만의 병력도 주필산 전투에서 패해 사라졌다. 주필산에서 사라진 15만 병력은 고구려가 모을 수 있는 최대의 병력일 것이다. 더 이상 고구려는 병력을 모을 힘이 없다.

"사신을 이리 대하는 법도는 없다."

"사신 따위가 건방지게 행동하는 법도 없겠지."

"나는 황제폐하의 대리인이다."

"그래 너는 황제의 대리인일 뿐. 황제는 아니지."

"후회할 것이다."

"후회할지도 모르지. 하지만 후대에 오명으로 남지는 않을 것이다."

모욕을 받았다고 생각한 사신은 역정을 내며 안시성을 떠났다. 이제 곧 이세민이 안시성으로 올 것이다.

"지금 성에 있는 병력은 얼마나 되지?"

"3만이 조금 넘습니다."

"3만이라."

안시성은 동, 서, 남쪽은 산으로 둘러싸여 있는 천연의 요새다. 이세민이 공격할 수 있는 곳은 평지인 북쪽 한 곳뿐이었다. 하지만 안시성은 이세민의 군세에 비해 너무 초라했다.

이세민은 50만이라는 상상도 할 수 없는 병력을 가지고 고구려를 침략했다. 여러 성들을 함락시키고 주필산 전투에서 병력 손실을 생각해도 안시성으로 올 병력은 20만 정도일 것이다.

"백성들은?"

"안시성 주변의 백성들은 모두 성안으로 들어왔습니다."

"청야(淸野 적이 이용하지 못하도록 농작물이나 건물 등 지상에 있는 것을 모두 없앰)는 모두 끝냈나?"

"적들이 도착하기 전에 끝날 것입니다."

승리를 하기 위한 방법이지만, 청야전술은 너무 가혹하다. 만약 전쟁이 빨리 끝나지 않는다면 농지도 집도 없는 백성들은 힘든 겨울을 날 것이 분명했다.

"군량은 충분한가?"

"최소한 2년은 버틸 수 있는 분량의 군량이 비축되어 있습니다."

요동성과 국내성은 안시성보다 크고 물류의 중심이다. 하지만 안시성은 요동의 그 어떤 성보다 중요하다. 안시성이 요동의 식량창고 역할을 하기 때문이다. 안시성의

창고에는 수만 석의 식량이 저장되어 있다.

"백성들 것까지 생각한다면?"

"안시성 밖에서 살던 백성들까지 생각한다면 1년은 버틸 수 있습니다."

"다행이군."

다행히 식량은 충분했다.

"무기는 어떠한가?"

"충분합니다."

"그래, 그럼 해자와 성벽은?"

"해자는 깊게 파두었고 성벽은 연개소문이 공격할 때보다 높이 쌓아 두었습니다. 그리고 만약을 위해 성벽 위에 목책木柵을 만들어 당의 공성병기가 아무리 뛰어나도 쉽게 성안으로 들어오지 못할 것입니다."

영류태왕이 연개소문에게 시해弑害당하시고 나는 분노했다. 나는 연개소문을 인정하지 않았고 반발했다.

연개소문은 나의 반발을 막기 위해 안시성을 공격했다. 연개소문의 공격은 집요했다. 하지만 우리는 승리했다. 방심하지도 않았다. 연개소문이 다시 안시성을 공격할 것을 대비해 철저히 준비했다.

 연개소문의 공격을 대비한 물자가 이세민의 군대를 막기 위해 사용되다니 역설도 이런 역설이 없다.

"너무 걱정하지 마십시오. 아무리 황제가 많은 병력을 가지고 있다고 해도 안시성은 난공불락難攻不落의 요새要塞입니다. 쉽게 함락陷落시킬 수 없을 것입니다."

 안시성은 축조된 다음 한 번도 함락되지 않은 성이다. 장수들이 자신감을 갖는 것은 당연했다. 하지만 이세민은 수를 전복顚覆시키고 당을 세운 영웅이다. 승패를 낙관樂觀할 수 없다. 모든 것은 이세민이 안시성으로 오고 전투를 해봐야 알 수 있다.

 안시성주가 내가 보낸 사신을 모욕하고 항복을 거부했다. 어리석다. 안시성주는 나를 막을 수 있다고 생각하는가?

"안시성주에 대하여 아는 것이 있는가?"

 주필산 전투에서 나에게 충성을 맹세한 고연수와 고혜진이 안시성주를 어떻게 평가하는지 듣고 싶었다.

"고告하겠습니다. 황제폐하에게 충성을 맹세할 수 있는 기회를 저버린 것으로 알 수 있듯이 안시성주는 어리석습니다. 사신을 모욕할 정도로 오만합니다."

어리석고 오만하다? 고연수의 말을 신뢰할 수 없다. 어리석고 오만하다면 요동의 성주들이 안시성주를 요동의 맹주로 인정하지 않았을 것이다.

"연개소문이 안시성을 공격했으나 함락시키지 못하고 평양으로 돌아갔다고 알고 있다. 아닌가?"

"맞습니다."

"어리석고 오만한 자가 연개소문의 공격을 막았다? 그렇다면 연개소문은 어리석고 오만한 자보다 못하다는 말인가?"

"그것이……."

고연수는 말을 하지 못하고 얼굴을 붉혔다. 한심하다. 아부밖에 못하는 것인가? 이런 자를 원수元帥로 삼은 연개소문을 이해할 수 없었다. 혹 주변에 사람이 없는 것인가?

"짐이 필요한 것은 나에 대한 아부가 아닌 안시성주에 대한 정확한 평가이다. 고혜진 진실을 이야기하라."

"명을 받듭니다. 안시성주는 젊은 시절 수와의 전쟁에서 선봉으로 싸웠을 만큼 무력이 뛰어나며 을지 대대로가 인정한 만큼 지력 또한 훌륭하다 알려져 있습니다."

 을지 대대로?

"을지 대대로라 하면, 혹 을지문덕을 말하는가?"

"예, 그렇습니다."

 중원은 언제나 고구려가 눈엣가시다. 망한 수隋는 눈엣가시를 뽑기 위해 100만의 대군을 이끌고 고구려를 공격했다. 중원과 고구려 두 나라 모두 100만이라는 숫자에 놀랐다. 그 누구도 수의 승리를 의심하지 않았다. 그리고 나 또한 수의 승리는 당연하다고 생각했다. 하지만 결과는 수의 패배였다.

 처음 들었을 때 믿을 수 없었다. 하지만 결과는 바뀌지 않았고 중원으로 돌아온 병사들은 10만을 넘지 않았다. 말 그대로 전멸. 100만의 병사가 사라졌다.

 100만 대군을 막은 자는 바로 을지문덕이었다. 수의 100만 대군을 물리친 영웅 을지문덕. 그런 을지문덕에게 인정받은 자라. 왠지 쉽지 않은 공성전이 될 것 같다.

결국 이세민은 안시성에 당도했다. 안시성에 도착한 20만 대군이 안시성 앞에 진을 치기 시작했다. 성 위에서 내려다 본 당의 군세는 오금이 떨린 정도였다.

이미 함락된 사성(요동성 백암성 비사성 요동성)을 교훈 삼아 당의 공성병기에 대한 대비를 했지만, 막을 수 있을지 확신이 서지 않는다.

"아버지, 저곳을 보십시오."

준선이 가리킨 곳에 커다랗고 화려한 막사가 세워지고 있다. 암살 위험 때문에 황제의 위치는 황궁 안에서도 극비사항이다.

그런데 전쟁터에서 크고 화려한 막사를 세운다는 것은 우리를 우습게 보는 것인가? 아니면 이세민의 대범함인가?

"황제는 저곳에 있을 것입니다. 지금 성문을 열고 공격한다면 황제를 잡을 수 있습니다."

지금 성문을 열고 공격한다면 황제를 사로잡을 수도 있을 수도 있다. 하지만 이세민이 없다면 우리는 병력을 모두 잃고 패할 것이다.

너무 위험한 작전이다. 준선의 작전은 너무 무모하다. 성공하면 모든 것을 얻을 수 있지만, 실패하면 모든 것을 잃을 것이다.

  나는 준선의 도박같은 작전을 허락할 수 없다.

"기다린다."

"예."

  아들 양준선의 얼굴에 불안감이 보인다. 고구려를 지키기 위해 검술을 연마하고 전술을 공부했지만, 당의 병사가 눈앞에 나타나자 불안할 것이다. 나는 준선의 어깨를 다독이며 안심시켰다.

"너무 두려워하지 말거라. 우리는 승리할 것이고 살아남을 것이다."

  아들은 어색한 미소를 지으며 나를 바라보았다.

"패배를 아니 죽음을 두려워하는 것이 아닙니다. 아무것도 하지 못하고 죽을까봐 두렵습니다."

  놀란 나는 준선의 어깨를 움켜쥐었다.

"준선아, 죽음을 두려워하지 않는 것이 용기가 아니다. 그것은 만용일 뿐이다. 두려움을 극복하는 것이 용기다."

  준선은 수긍하지 않는 것 같았다.

"나는 죽는 것이 두렵다."

"아버지, 어찌. 장수가 되어 죽음을 두려워하십니까?"

"네가 성주의 자리에 오르는 것을 보지 못하고 죽을까봐 두렵다. 혼인을 하고 아이를 낳고 그 아이를 안아주지 못할까봐 두렵다."

"아버지."

"그러니 너도 죽음을 두려워하고 절대 위험한 행동을 하지 마라."

준선은 말이 없었다.

"알겠느냐?"

"예, 알겠습니다."

준선에게 다그쳐 다짐을 받았다. 하지만 불안감이 사라지지 않았다.

기습

安城市

기습

 일반적인 성들은 성벽을 높이 쌓아 성안의 구조와 행동을 알지 못한다. 하지만 고구려의 성은 달랐다. 고구려의 성들은 산비탈에 비스듬하게 성이 지어져 있다. 방어를 하기에는 훌륭했다. 하지만 산밑에서 산을 올려다 볼 수 있듯이 멀리서 보면 성안을 모두 볼 수 있는 구조이다. 전쟁은 속이는 것이다. 서로의 전략을 숨겨 적들은 적이 알 수 없는 공격을 하는 것이다. 하지만 안시성의 구조는 무엇을 하는지 숨길 수 없는 구조이다.
 지금도 안시성 안 고구려의 움직임이 한눈에 들어왔다. 물론 장점은 성안에서 우리 군사의 움직임도 모두 볼 수 있다는 것이다.

"황제폐하, 성벽 위를 보십시오."

성벽 위에는 목책이 둘려져 있었다. 우리가 준비한 운제(雲梯 사다리차)를 뛰어넘은 높이였다. 목책을 파괴하지 않으면 성벽을 넘을수 없었다. 설마!

"해자는 확인해 보았느냐?"

"지금 확인해 보겠습니다."

이적이 안시성의 해자垓字를 확인하고 돌아올 때까지 초조하게 기다렸다.

"요동성 해자에 비해 배는 넓고 깊습니다."

"음—."

나의 생각보다 안시성주는 많은 준비를 한 것 같았다. 다시 안시성으로 고개를 돌렸다. 안시성 안 병사들의 움직임이 왠지 여유롭게 느껴졌다.

"걱정하지 마십시오. 아무리 깊은 해자도 시간이 걸릴 뿐 메울 수 있습니다. 성벽 위의 목책도 투석投石기로 무너트린다면 다른 성들과 다를 바 없는 한낱 고구려의 성일 뿐입니다."

장손무기의 차분한 음성에 정신이 들었다. 안시성이 아무리 대비를 했다고 해도 20만 대군 앞에는 바람 앞의 촛불과 같다.

"장손무기의 말이 맞다. 해자와 목책은 작은 발버둥일 뿐이다. 내일 공격으로 안시성을 함락시킨다."

"예."

 호기롭게 외쳤지만, 쉽지 않은 공성전이 될 것 같았다.

 해가 졌다. 해가 지면 안시성은 언제나 적막함과 함께 밥 짓는 내음의 따뜻함이 감돌았다. 하지만 지금은 성벽 너머로 들려오는 적 병사들의 잡담소리에 적막함은 사라지고 무엇인가 타는 냄새로 인해 따뜻함도 사라져 버렸다.

 어제와 다른 늦은 밤. 여러 가지 생각들이 나를 괴롭힌다. 적들을 어떻게 하면 물리칠 수 있을까? 아니 막을 수 있을까? 아무리 생각을 해보아도 고민만 깊어질 뿐이다.

 어지러운 머리를 털어내기 위해 처소 밖으로 나왔다. 그러나 눈으로 처음 들어온 것은 안시성 밖에 보이는 수많은 횃불과 막사였다. 그리고 가운데 있는 크고 화려한 막사가 보였다.

저곳에 이세민이 있을 것이다. 지금 이세민은 무슨 생각을 하고 있을까? 안시성은 쉽게 함락시킬 수 있다고 생각할까? 아니면 나처럼 고민하고 있을까? 순간 이세민의 생각을 알고 싶어졌다. 이세민과 대면할 수 있을까? 이세민을 만나고 싶었다. 이내 고개를 흔들었다.

"준비되었습니다."

"장소는 확인였느냐?"

"예, 확인했습니다. 분산시켜 놓았지만, 다행히 그중 하나는 안시성 가까운 곳에 있습니다."

"좋아, 인시(寅時 오전 3시부터 5시 사이)에 작전을 시작하여라."

"예, 알겠습니다."

안시성의 구조는 성밖에서 성안을 모두 볼 수 있도록 설계되어 있다. 그것은 방어에 대한 자신감이다. 적들이 우리를 보든 말든 상관하지 않는다. 우리가 중요한 것은 적들을 보는 것이었다. 그리고 적들이 성안 모든 것을 볼 수 있지는 않다. 숨기고자 마음먹으면 충분히 숨길 수 있다.

벌써 아침 해가 떴나? 눈이 부셨다. 부신 눈을 천천히 떴다. 평소와 같지 않게 막사 밖이 소란스러웠다. 천으로 된 막사 벽이 붉게 타오르는 것처럼 보였다. 무언가 이상했다.
"불이다."
"적의 공격이다."
"불을 꺼."
"적을 막아."
 들려서는 안 될 외침이 들려왔다. 아직 잠에서 깨지 않은 것 같은 멍한 기분이 들었다. 이도종이 막사 안으로 뛰어 들어왔다.
"황제폐하, 적의 습격입니다."
 당했다. 전혀 생각지 않은 적의 습격이다.
"적의 규모는?"
"알 수 없으나, 소수인 것 같습니다."
 생각지도 못했다. 설마 안시성에서 나와 기습을 할 것이라고. 처음 예상대로 쉽지 않은 상대이다.
"피해는?"

말이 없다. 설마.

"빨리 말하라!"

나의 호통에 이도종은 머리를 땅바닥에 찍었다.

"군량창고 하나가 전소되었습니다."

할 말을 잃은 나는 이도종을 가만히 바라보았다.

"군량창고 하나라?"

나의 약점을 적확히 알고 있다. 아니 나의 약점이라기보다는 원정군의 약점이라고 하는 것이 맞다. 원정군은 언제나 식량이 부족하다.

"얼마의 군량을 잃은 것이냐?"

"일주일치입니다."

일주일치라? 그 정도는 감수할 수 있다. 하지만 손실이 막대한 것은 사실이다. 20만 병력이 일주일을 먹을 수 있는 식량은 일만 석(한 석에 80kg)에 달한다.

"사로잡은 적은?"

"아직 알 수 없습니다. 상황이 정리되고 난 후 알 수 있을 것 같습니다."

식량창고가 타버린 것은 감수할 수 있다. 하지만 기습

을 당한 것은 용서할 수 없다. 경계는 기본 중에 기본이다. 전투에 패배할 수 있다. 하지만 경계에 실패는 있을 수 없는 일이다.

"경비 책임자가 누구지?"

"행군총관 장훈이라는 자입니다."

나 또한 안시성주가 기습을 가해 올 것이라 생각하지 못했다. 20만 대군에게 기습을 할 수 있는 자가 누가 있겠는가? 해군총관 장훈도 생각지 못했을 것이다. 그래서 방심했고 방비를 소홀히 했을 것이다. 하지만 묵과黙過할 수 없는 일이다.

"참하라. 그리고 정리가 끝나는 대로 이적을 데려오라."

"예."

주필산 전투 승리 후 고구려는 고구려에서 나를 막을 자는 없다고 생각했다. 안시성주가 항복을 하지 않은 것은 한낱 객기라 생각했다. 하지만 안시성주는 기습을 준비했다. 나의 방심을 노린 기습이었다.

안시성주에게 허를 찔려 버렸다. 그러나 이번 기습은 안시성주의 실책이다. 나는 받은 것은 배로 돌려줘야 마음이 편한 사람이다. 안시성주는 큰 대가를 치를 것이다.

 아침이 밝았다. 다행히 당의 군량창고를 공격하러 갔던 병사들 모두 무사히 돌아왔다.
 "모두 무사히 돌아왔습니다."
 "수고했다."
 준선의 표정이 좋지 않았다. 아마 당의 군량 창고를 공격하러 갔던 병사에 포함되지 않았기 때문일 것이다.
 "내 명령이 부당하다고 생각하느냐?
 "저는 고구려의 장수이며, 그들의 대장이었습니다."
 준선의 음성에는 나에 대한 서운함이 가득했다.
 "준선아, 네가 나의 아들이기 때문에 이번 기습에서 배제되었다고 생각하느냐?"
 "아닙니까?"
 나는 고개를 저었다.
 "너는 대장으로서 병사들의 안위보다 공을 세우고 이름을 날리는 것을 우선시하고 있다. 지금 중요한 것은 이름을 날리는 것이 아닌 안시성을 지키는 일이다. 알겠느냐?"

"알겠습니다."

준선은 마지못해 답하는 것 같았다. 그런 준선이 나는 불안하다. 준선은 아직 장수가 되지 못했다.

쾅—.

쾅—.

쾅—.

갑자기 폭음이 들리기 시작했다. 진원지는 병사들이 주둔하고 있는 성벽이었다.

"무슨 일이냐?"

폭음에 놀란 병사들이 허둥지둥하며 갈피를 못잡고 있었다.

"전열을 정비해라."

나의 외침에도 병사들은 정신을 차리지 못했다. 병사들을 다독이며 성벽 쪽을 바라보았다. 돌이었다. 커다란 돌이 날아와 성벽 위에 목책을 부서트리고 있었다. 이세민이다. 이세민이 공격을 시작했다.

안시성벽 위 목책에 커다란 돌이 틀어 박히고 있다. 낙양에서부터 가져온 투석기投石機가 역할을 톡톡히 하고 있다. 성벽 위에 있던 안시성 병사들이 비명을 지르며 공포에 떠는 모습에 후련함이 느껴진다.

"돌을 날려라."

"성벽을 무너트려라."

수많은 돌을 날리고 있지만 안시성의 성벽은 돌가루만 떨어질 뿐 무너질 기미가 보이지 않는다. 이제까지 함락시킨 고구려의 성들은 언제나 같았다. 투석기가 큰 힘을 쓰지 못했다.

"고연수와 고혜진을 불러오라."

명령에 따라 고연수와 고혜진은 나의 앞으로 왔다. 그리고 당연하게 무릎을 꿇고 머리를 땅에 박았다.

"황제폐하를 뵙습니다."

"석년(昔年 지난해)에 너희들이 안시성을 공격했다 들었다."

"황제폐하의 말씀대로 석년에 안시성을 공격한 적이 있습니다."

"안시성을 함락시키지 못한 이유가 무엇이냐?"

고연수와 고혜진 둘 다 쉽게 입을 열지 못했다. 자신의 무능을 쉽게 이야기할 수 없을 것이다.

"답하라."

고연수와 고혜진은 호통을 쳐야 말을 하는 자들이었다.

"안시성주는 비겁하게 안시성에 틀어박혀 나오지 않았습니다. 성밖으로 나와 회전(會戰 전면전)을 했다면 안시성은 석년에 함락되었을 것입니다."

한심하다. 안시성주는 고연수와 고혜진의 회전을 응할 이유가 없다.

"변명은 되었다. 안시성벽을 무너트릴 수 있느냐?"

"고구려의 성벽은 중원의 성벽과 다른 구조로 되어 있습니다. 중원의 성벽은 벽돌을 구워 쌓는 방식입니다. 그러나 고구려의 성벽은 돌을 끼워 맞춰 쌓는 방식입니다."

내가 물은 것은 고구려의 성벽 구조 따위가 아니다.

"나의 물음에 답하라."

"벽돌을 구워 쌓는 방식은 빠르며 크고 높이 쌓을 수 있다는 장점이 있습니다. 하지만 투석기에 약하며 한곳이 무너지면 다시 쌓는데 오래 걸리는 단점이 있습니다. 하지만 고구려의 성벽은 쌓을 때 오래 걸리며 일정한 높이 이상 쌓을 수 없지만, 잘 무너지지 않으며 한곳이 무너져도 복구가 빠르다는 장점이 있습니다."

한마디로 투석기로 안시성벽을 무너트리기 쉽지 않고 설령 한 곳이 무너져도 빠르게 복구될 수 있다는 말이었다.

"알겠다, 물러가라."

"예."

고구려가 방어에 특화된 성을 가지고 있는 것은 당연했다. 지금은 고구려가 유목민의 맹주를 자처하고 있지만, 한때는 모든 유목민은 적이었다. 지금은 요동을 차지하고 있지만, 중원이 강성할 때 고구려는 요동의 패자가 아니었다. 지금과 달리 오히려 수많은 유목민의 공격을 받는 동방의 작은 나라였다. 수성에 강한 성으로 발전한 것은 당연한 일이다.

공성전

安市城

공성전

한참 동안 날아오던 돌이 더 이상 날아오지 않았다. 역시 이세민이었다. 안시성에 도착한 지 하루만에 투석기를 조립해서 공격할지 몰랐다. 나의 안일함에 한탄하며 성벽 주변을 둘러 보았다. 성벽 이곳저곳에서 병사들의 고통에 찬 신음소리가 들렸다. 다행히 목책도 성벽도 크게 부서지거나 무너진 곳은 없었다.

"다친 병사들을 내성內城으로 옮겨 치유해라."

"예."

갑작스런 투석기 공격에 당황했지만, 죽거나 다친 병사

가 많아 보이지 않았다.

"적들이 몰려옵니다."

방패를 든 병사 뒤로 모래 주머니를 어깨에 맨 병사들이 해자 쪽으로 다가오고 있었다.

"해자를 메우려는 병사들은 신경쓰지 마라. 지금은 다친 병사들을 내성으로 옮기는 것이 우선이다."

"예."

당의 20만 대군에게 해자를 메우는 것은 시간문제일 뿐이다. 중요한 것은 해자가 메워지고 난 다음이다. 당의 공성무기중 하나인 운제(雲梯 사다리차)를 이용해 성벽을 넘는 것을 막는 것이 중요했다.

"부서진 목책을 복구하는 데 얼마의 시간이 걸릴 것 같은가?"

"오전 중에 끝날 것 같습니다."

다행히 목책이 부서질 것을 대비하여 예비 목재를 준비해 놓았다. 적들은 쉽게 성벽을 넘지 못할 것이다.

"다친 병사들을 옮기고 부서진 목책을 다시 세우고 난 후 공격을 개시開始한다."

"예."

 나의 명에 따라 병사들이 움직였다. 이세민은 안시성을 쉽게 함락시킬 수 있을 거라 자신했을 것이다. 하지만 절대 쉽게 안시성을 내어주지 않을 것이다.

 기민機敏하다. 이 말밖에 할 말이 없었다. 다친 병사들을 옮기고 부서진 목책을 복구하는 속도는 나의 상상을 뛰어넘었다. 처음에는 투석기 공격에 당황하는 것처럼 보였다. 그러나 당황하는 모습도 잠시뿐이었다. 안시성주의 명령에 병사들은 빠르게 움직였다.

 역시 안시성주는 쉽게 생각할 수 없는 자였다. 설마 병사들 뿐만 아니라, 안시성의 백성들까지 이용해서 목책을 복구할지는 생각지 못했다. 백성들을 강제 노역하여 목책을 복구하는 것이라면 웃을 수 있을 것이다. 하지만 밖에서 본 백성의 모습은 절대 강제로 노역하는 모습은 아니었다.

　물론 지금도 안시성의 해자는 빠르게 메워지고 있다. 그러나 해자를 메워도 성벽이 남아 있다.

　고구려의 성벽을 넘기 위해 준비한 운제로는 안시성벽을 넘을 수 없다. 안시성벽 위에 목책이 운제가 오를 수 있는 높이를 뛰어 넘는다. 운제를 상용하기 위해서는 성벽 위 목책을 어떡하든 무너트려야 한다. 요동성을 함락시킬 때와 같이 화공火攻을 써야 할까?

"폐하, 이것을 보십시오."

　장손무기가 놀란 얼굴을 하고 있다. 장손무기는 수많은 전장에서 나와 함께 사선을 넘은 전우다. 나와 함께 수많은 공성전을 치른 장손무기가 당황하고 있다. 왜지?

　장손무기는 나뭇조각 하나를 나에게 내밀었다.

"무엇인가?"

"투석기에 부서진 안시성벽 위의 목책 조각입니다."

"음."

　안시성의 목책 조각은 일반적인 나무와 무엇인가 달라

보였다.

"바닷물에 절인 나무입니다."

"뭐라?"

"투석기의 공격에 생각보다 잘 부서지지 않아 혹시나 하는 생각에 가져왔습니다."

바닷물에 절인 나무는 단단해진다. 그리고 불이 잘붙지 않는다.

"폐하께서도 아시다시피 목재를 바닷물에 절이는 것은 한두달에 이루어지지 않습니다. 적게는 일년에서 많게는 십여년이 걸리는 일입니다. 화공을 막기 위해 바닷물에 절인 목책을 준비한 안시성주의 철저함에 두려움이 느껴질 정도입니다."

나에게 항복을 하지 않았을 때부터 불안감이 있었다. 안시성주는 모든 준비를 끝냈기에 항복을 하지 않은 것이다.

열흘의 시간이 흘렀다. 지난 열흘 동안 당의 공격은 한결 같았다. 투석기를 이용해 성벽 위 목책을 공격한다. 부서진 목책을 복구시킬 때 수많은 병사들을 이용해 해자를 메운다.

이런 단순한 공격의 대응 방법으로 해자를 메우는 병사들에게 화살을 쏘아 보냈다. 우리가 쏜 화살에 수많은 병사들이 쓰러졌다. 하지만 수많은 병사들의 희생에도 이세민은 해자를 메우는 것을 멈추지 않았다. 결국 해자는 메워졌다.

"아버지, 적들이 다가옵니다."

당의 공성무기인 운제와 공성탑이 성벽으로 다가오고 있었다.

"진정해라, 지휘관이 이성을 잃는다면 전투는 하기도 전에 진 것이다. 흥분을 가라앉히고 냉정하게 상황을 지켜보아라."

최전방에서 적들을 맞이 하고 싶다는 준선의 청을 나는 거절했다. 준선은 아직 장수로서 준비되지 않았다. 장수는 흥분하면 안 된다. 냉정하게 전황戰況을 살펴야 한다.

"예."

무엇인가 못마땅한 듯한 음성이었다. 불만이 가득한 준선의 얼굴을 무시하며 고개를 돌렸다. 그때 적들이 화살의 사정거리까지 다가왔다.

"쏘아라."

목책 위의 지휘관의 명령으로 수천 발의 화살이 하늘로 날아갔다. 하늘로 날아간 화살은 성벽으로 다가오는 당의 병사들에게 떨어지기 시작했다.

"방패를 들어라."

적 지휘관의 명령에 따라. 당의 병사들은 일제히 방패를 들어 올렸다.

팅. 팅. 팅. 팅. 팅.

"으악—."

쇠 부딪치는 소리와 비명소리가 같이 들리며 순간 수백의 병사들이 쓰러졌다.

"멈추지 마라, 돌격하라."

당 지휘관들은 화살에 맞아 쓰러지는 병사를 신경쓰지 않았다. 그들이 원하는 것은 단 하나 안시성 함락뿐이었다.
"화살을 쏴라. 적들이 성벽에 달라붙지 못하게 막아!"
목책 위의 병사가 수십 번의 화살을 쏘았다. 그리고 화살에 맞아 쓰러진 병사가 수천이 되었을 때 운제와 공성탑이 성벽에 도착하였다. 성벽에 도착한 운제는 접고 있던 사다리를 펼쳤다.
"올라가."
"공격해."
하지만 사다리는 성벽 위 목책까지 닿지 않았다. 운제의 사다리가 목책 위까지 닿지 않았지만, 지휘관들은 막무가내였다.
"공격하라."
지휘관의 닦달에 목책까지 닿지 않았음에도 병사들은 명령에 따라 사다리 위로 올라갔다.
"찔러."
명령에 따라 일제히 찌른 창이 사다리 위에 있던 병사들을 꿰뚫었다. 운이 좋게 창을 피하거나 막은 병사들 중 일부는 중심을 잃은 채 사다리 위에서 떨어졌다.

"성벽 위에 오르는 병사들을 엄호하라."

공성탑 위 궁병들이 성벽을 오르는 병사들을 엄호하기 위해 고개를 들었다. 하지만 공성탑보다 높은 목책 위에서 쏟아지는 화살에 허망하게 목숨을 잃을 뿐이었다.

"밧줄을 던져라."

수많은 죽음에도 병사들은 물러서지 않았다. 사다리 위에 있던 병사들이 준비했던 갈고리가 달린 밧줄을 던졌다. 갈고리가 목책 위에 걸쳤다.

"돌을 던져 못 올라오게 막아."

"빨리 줄을 끊어."

목책 위 병사들의 다급한 목소리가 울려 퍼졌다.

"빨리 올라가."

밧줄을 타고 목책을 기어오르는 병사들 머리 위로 커다란 돌이 떨어졌다.

"으악—."

돌을 피한 병사들도 있었다. 그러나 이내 끊어진 밧줄과 함께 성벽 아래로 떨어졌다. 그러나 아직도 사다리 위에 많은 병사들이 남아 있었다.

"기름병을 던져라."

병사들은 기름이 가득 든 병을 목책을 향해 던졌다. 병이 깨지며 안에 있던 기름이 목책에 쏟아졌다.

"불을 붙여라."

검은 연기를 뿜어내며 목책이 타오르기 시작했다.

"와—."

당의 병사들은 승리라도 한 것처럼 환호했다. 하지만 병사들의 환호는 목책의 불꽃과 함께 사라졌다. 화공으로도 목책을 어찌할 수 없었다.

"충차(衝車 성문을 공격하는 공성무기)를 성문으로 돌격시켜라."

적들이 충차를 성문 쪽으로 이동시키고 있다. 안시성 성문의 구조는 중원의 성과는 다르다. 중원의 성문은 거대하다. 하지만 중원의 성문은 개방되어 있다. 시간이 오래 걸리지만 충차로 충분히 부수고 성으로 진입할 수 있다.

고구려의 성문은 작다. 하지만 개방되어 있지 않다. 성문으로 성벽으로 둘러싸여 깊숙한 곳에 숨겨 있다. 성벽의 미로迷路를 지나야 성문을 만날 수 있다.
"기름을 부어라."
커다란 충차는 미로를 지나가기에는 너무 더디었다.
"불화살을 쏴라."
"살려줘."
성문에 다다르기 전에 병사와 함께 충차는 불타올렸다. 더 이상 전투는 무의미하다. 이세민이 안시성 공략을 위해 준비한 모든 공성무기의 역할이 상실되었다. 이대로 공성전을 계속한다면 이세민은 병력만 잃을 뿐이었다.

공성도 전투도 아니었다. 일반적인 학살이었다. 한 번의 공성으로 1만이 넘는 병사가 죽은 것 같다.
으드드득.
이가 갈릴 만큼 분했다. 안시성주의 준비는 완벽했다.

나의 공격은 안일했다. 20만의 병력으로 밀어 붙인다면 항복할 거라 생각했다. 하지만 공성은 실패했고 무의미하게 병력을 소진했다. 지금처럼 허무하게 병력을 소비한다면 얼마가지 못해 모든 병력을 잃을 것이다.

"퇴각을 명하라."

결국 퇴각을 명할 수밖에 없었다.

"퇴각 깃발을 올려라."

명령에 따라 커다란 깃발이 올라갔다. 깃발이 올라가자 병사들과 공성병기들이 성벽에서 멀어지기 시작했다.

"우와―."

안시성에서 환호성 소리가 들렸다.

"양만춘, 양만춘, 양만춘."

고구려의 병사들은 성벽 위에서 안시성주의 이름을 연호했다. 고개를 돌렸다. 성안에서 병사들을 치하하는 안시성주가 보였다.

"음―."

자연스럽게 신음이 흘러나왔다. 웃고 있는 안시성주의

얼굴을 일그러트리고 싶다. 그러기 위해서는 안시성에 맞춘 공성병기가 필요하다.

"주변을 탐색해 공성무기를 만들 나무를 찾아보라 명해라."

나의 명에 장손무기는 얼굴을 굳힌 채 입을 열었다.

"소신이 안시성에 도착 직후 명령을 내렸으나. 공성병기를 만들 수 있는 나무는 잘라져 밑동만 남아 있다 합니다."

어이가 없었다. 안시성주는 내가 이곳에서 공성무기를 만들 거라 생각했단 말인가? 안시성주는 너무 철저했다. 부처님 손바닥 위에 노는 손오공이 된 기분이 들었다.

"다른 방법을 생각해야 합니다."

장손무기의 말이 맞다. 다른 방법을 생각해야 한다. 안시성에서 오랜시간을 보낼 수 없다. 나의 목표는 안시성이 아닌 평양이다. 이곳에서 머뭇거릴 시간이 없다.

이상하다. 당의 움직임이 달라졌다. 당의 움직임이 달라진 것은 삼일 전 공성전이 우리의 승리로 끝난 이후였다.

"아버지, 적들이 물러날 생각인 것 같습니다."

일견一見 준선의 생각대로 이세민이 물러날 것처럼 보였다. 공성전 이후 대규모 공격은 없었다. 투석기를 이용한 간헐적 공격만 계속되었다. 그리고 날아오는 돌의 양은 점점 줄어들고 있었다.

"그랬으면 좋겠구나."

이세민은 지금 무슨 생각을 하고 있을까? 궁금했다. 처음 이세민이 안시성에 도착했을 때 직접 병사들을 지휘하는 모습을 보였다. 하지만 공성전이 끝난 후 이세민의 모습은 보이지 않고 있다.

"아버지, 지금 성문을 열고 적들을 공격하는 것이 어떻겠습니까?"

지금 성문을 열고 이세민을 공격한다? 준선의 의견이 타당해 보였다. 하지만 나는 고개를 저었다.

"아니다, 이세민은 쉽게 포기하지 않을 것이다."

"안시성은 난공불락의 요새입니다. 황제는 고민하고 있을 것입니다."

준선의 이야기가 맞다. 이세민은 고민하고 있을 것이다. 안시성을 포기하고 평양으로 갈 것인지? 아니면 안시성을 함락시킬 것인지? 하지만 이세민은 안시성을 포기하지 않을 것이다.

"그래, 너의 말대로 고민하고 있는 것이다."

이세민은 안시성 함락을 포기하고 평양으로 진격하지 않을 것이다. 그리고 우리가 성문을 열고 공격하기를 바라고 있을 것이다. 이세민은 수많은 전투를 승리로 이끈 명장이다. 그런 명장이 한 번의 전투로 포기하지 않을 것이다.

고민이다. 안시성을 어떻게 해야 하나? 제장諸將들을 불러 회의를 하지만 답은 쉬이 나오지 않았다.

"저희들이 황제폐하께 충성을 맹세했습니다. 황제폐하

께서 빨리 고구려를 정벌하시어 천하가 안정되어 처자를 만날 수 있기를 바랍니다."

주필산 전투에서 패하고 항복한 고연수와 고혜진은 비굴했다.

"저희는 황제폐하의 깃발을 보는 것만으로 무릎을 꿇고 충성을 맹세하였습니다. 하지만 오만한 안시성주는 가족들을 담보로 백성들을 황제폐하의 병사와 싸우게 만들 것이 분명합니다."

내가 겪어본 안시성주는 그런 인물로 보이지 않았다.

"그러나 오골성주는 늙어서 수비가 결실하지 못합니다. 안시성이 아닌 오골성을 공격한다면 하루 안에 오골성을 함락할 수 있을 것입니다. 또한 오골성 근처의 작은 성들은 황제폐하의 깃발만 보아도 겁에 질려 허물어질 것입니다. 오골성을 함락한 연후 평양으로 진격한다면 연개소문은 황제폐하의 위엄에 성문을 열고 무릎을 꿇을 것입니다."

고연수와 고혜진은 비굴하지만 전략은 나쁘지 않았다. 안시성을 무시하고 오골성을 공격하여 그곳의 군량을 이용하여 평양성까지 진격한다면 연개소문이 할 수 있는 것이 없다.

"장량의 군사가 사성(四城 현도성, 백암성, 비사성, 요동성)에 있습니다. 사성의 병사를 부르면 이틀이면 이곳에 당도할 수 있습니다. 10만의 병력을 잃은 고구려가 두려워하고 있는 지금 장량의 군사와 합하여 오골성을 함락시키고 압록강을 건너 평양으로 간다면 연개소문은 막을 수 없을 것입니다."

이적도 고연수, 고혜진과 같은 생각인가? 고민이 된다. 잠시 생각할 시간이 필요하다.

"천자의 원정은 보통 장수들의 정벌과는 다르다. 따라서 모험을 하면서 요행을 바랄 수는 없다. 지금 건안성과 신성의 무리가 아직도 10만이나 되는데, 우리가 만약 오골성으로 간다면, 고구려 군사들이 반드시 우리의 뒤를 추격할 것이다. 그러므로 먼저 안시성을 점령하고 건안성을 취한 후에 군사를 먼 곳으로 진군시키는 것이 옳다. 이것이 만전의 계책이다."

장손무기의 말이 맞다. 지금 평양으로 진격한다면 연개소문은 할 수 있는 것이 없지만, 안시성주인 양만춘이 보급로를 차단한다면 우리에게 너무 치명적이다.

"장손무기의 말이 맞다. 나는 이제까지 요행을 바란 적이 없다. 안시성을 함락시키고 평양으로 진격하겠다."

"명을 따르겠습니다."

그리고 문제는 국내성에 비축하고 있는 식량이 얼마 없다는 것에 있다. 요동에 펴져 있는 30만 병력을 먹일 식량을 비축하고 있는 성은 안시성이 유일하다. 안시성을 포기하고 결코 고구려를 정벌할 수 없는 이유가 여기에 있다.

새벽녘 성벽 위에 벌레 소리만이 울려 퍼지고 있다. 같이 성벽 위를 거니는 준선의 얼굴에 불만이 가득했다.

"무엇이 불만이냐?"

"아무것도 아닙니다."

"말해 보거라."

나의 물음에도 준선은 입을 꾹 다물었다.

"어서 말해 보거라."

닦달에 못이긴 준선이 입을 열었다.

"제가 적을 공격해야 한다고 하셨을 때는 왜 거부하신 것입니까?"

준선의 의견은 타당했다. 하지만 너무 직선적이고 단순했다.

"성문을 열어 정면에서 적을 공격한다면 줄 수 있는 피해는 미미할 뿐이다."

"적들은 패배했고 지쳐 있습니다. 정면에서 공격한다면 큰 피해를 줄 수 있습니다."

준선은 이세민을 너무 얕보고 있었다.

"이세민은 패배하지 않았다. 우리의 방어에 당황하고 있는 것뿐이다. 정면공격을 한다면 적들은 기다렸다는 듯 반격할 것이다."

준선은 고개를 흔들었다.

"절망에 빠져 있는 지금 적들에게 치명적인 공격을 가해야 합니다."

"우리가 공격할 수 있는 병력은 고작 3만밖에 되지 않는다. 3만의 병력으로 20만의 적들에게 치명적인 공격은 할 수 없다."

"제가 할 수 있습니다. 저에게 맡겨 주십시오."

준선의 음성에 자신감이 넘쳤다. 그러나 나는 허락할 수 없었다.

"아버지도 아시지 않습니까? 지금 안시성 앞에 있는 적들은 20만 대군이라 떠들어 대지만, 실상 전투병력은 10만이 되지 않습니다."

고구려를 정벌하기 위해 이세민은 50만이라는 병력을 모았다. 하지만 절반은 공성병기와 식량을 운반하기 위한 수송부대에 지나지 않았다. 실질적인 전투 병력은 절반인 25만 정도일 것이다. 또한 그들은 천리장성을 공격하고 함락시키며 병력을 소모했다.

주필산 전투를 승리했지만, 소모된 병력도 적지 않았다.

함락시킨 성들을 지키기 위해 주둔시킨 병력 또한 적지 않다. 준선의 이야기대로 지금 안시성 앞에 있는 당의 20만 병력 중 전투 병력은 10만이 넘지 않을 것이다.

"우리 병사들이 저들보다 적다고 하지만 충분히 상대할 수 있습니다. 지금 적진을 돌파하여 이세민을 잡는다면 전쟁은 끝이 납니다."

준선의 말대로 이세민을 잡는다면 전쟁은 끝날 것이다. 적들 또한 이세민이 사로잡힌다면 전쟁이 패배로 끝날 것을 알 것이다. 그런데 너무 허술하다. 일부러 공격받기를 바라는 듯한 느낌이 들었다.

"이세민을 쉽게 보지 말거라."

"수의 백만대군도 무찌른 고구려입니다. 당의 10만 병력 따위는 아무것도 아닙니다. 또한 지금 적들은 오랜 전투에 지치고 안시성의 완벽한 방어에 당황하고 있습니다. 지금이 절호의 기회입니다."

"안 된다."

너무 위험했다. 성문을 열고 이세민을 공격한다면 승리

할 수도 있다. 하지만 패배할 수도 있다. 승리한다면 이세민은 물러갈 것이다. 그리고 요동에 있는 병력을 모아 다시 공격할 것이다. 하지만 패배한다면 안시성은 함락될 것이다. 승리에 비해 패배의 대가가 너무 크기에 준선의 공격에 동의할 수 없다. 그렇다고 이대로 당의 병력이 쉬도록 내버려 두면 안 된다.

어둠속에 불길이 솟아오르고 있다. 멀리 식량창고 두 곳이 불타고 있다. 안시성이 공격할 것은 알고 있었다. 아니 공격을 원했다. 그래서 일부러 허술한 모습을 보였다. 경계도 소홀히 했다.
"불을 꺼라."
"적을 잡아라."
안시성의 방어가 너무 완벽했기에 적들이 성문을 열고 나오기를 바라며 함정을 팠다. 하지만 함정에 걸린 것은 나였다.
안시성주를 속이기 위해 했던 경계를 소홀히 하란 명령

이 나에게 독이 되었다. 안시성주가 다시 한 번 식량창고를 노릴 거라 생각하지 않았다. 식량창고의 경계를 강화한 것도 있지만, 안시성에서 멀리 떨어져 있기에 안심했다. 그러나 나의 생각과 다르게 식량창고는 공격받았고 불타올랐다.

어찌보면 당연했다. 이곳은 안시성주의 땅이다. 어디에 식량을 놓아야 좋을지 누구보다 잘 알고 있을 것이다. 나의 실수에 허탈하고 있을 때 아침 해가 밝아 왔다.

"어찌되었나?"

"식량창고 두 곳이 모두 전소全燒되었습니다."

"적들은?"

"용서하십시오. 안시성의 공격을 대비하고 있던 병력 1만으로 할 수 있던 것은 화제가 다른 곳으로 번지는 것을 막는 것뿐이었습니다."

병사들의 허술한 모습에 속아 안시성주가 성문을 열고 공격하면 준비하고 있던 1만의 병력이 시간을 번다. 그리고 쉬고 있던 병력을 수습하여 공격한다. 이것이 나의 책략이었다.

하지만 안시성주는 알고 있었다. 그리고 나의 약점인 식량창고에 불을 질렀다. 점점 요동에 있는 시간이 줄어들고 있다. 안시성을 함락시키지 못한다면 전쟁은 나의 패배가 될 것이다. 더 이상 이곳에서 시간을 낭비할 수 없다.

"요동에 흩어져 있는 모든 병력에게 최소한의 병력만 남기고 안시성으로 집결하라 명하게."

"황제폐하."

장손무기의 외침에 다른 장수들이 놀랐다.

"요동에 퍼져 있는 병사들이 모두 이곳으로 온다면 함락시킨 성들을 지키기 어렵습니다."

"안시성을 함락시키지 못한다면 고구려 정벌은 실패로 끝날 것이다."

"요동은 고구려에게 중요한 땅입니다. 황제폐하께서는 이미 요동을 정벌하셨습니다. 또한 고구려의 주력군을 주필산에서 대파하였습니다. 이대로 요동을 차지하고 있다면 고구려는 지리멸렬支離滅裂하여 스스로 붕괴崩壞되어 사라질것입니다."

장손무기의 생각은 틀렸다.

"나는 중원으로 돌아가야 한다. 내가 돌아가면 함락시킨 성의 백성들은 자신들이 당의 백성이라 생각할 것인가? 아니면 고구려의 백성이라 생각할 것인가?"

장손무기는 말이 없었다.

"그들은 스스로를 고구려의 백성이라 생각한다. 내가 당으로 돌아간다면 그들은 반란을 일으킬 것이다. 하지만 평양을 함락시키고 고구려의 왕을 사로잡고 항복을 받아 낸다면 요동은 나에게 반란을 일으킬 생각을 하지 못할 것이다."

중원은 언제나 요동을 견제했다. 중원 최초의 나라인 상商부터 수隋까지 수천 년 동안 요동을 차지하려 했다. 차지하지 못했다면 강력한 나라가 생기지 못하도록 최선을 다해 견제하였다.

하지만 그 노력은 언제나 실패로 돌아갔다. 조선과 부여 그리고 고구려까지 요동은 언제나 동이족東夷族의 터전이었다.

만약 요동에서 동이족을 몰아내지 못한다면 언젠가 중원은 동이족의 지배를 받게 될지 모른다.

"알겠습니다, 요동에 퍼져 있는 병력을 집결시키겠습니다."

장손무기는 고개를 끄덕였다. 병력이 집결될 때까지 안시성을 보고만 있을 수 없다. 이대로 기습을 당한 채로 있을 수는 없다.

역습

安城市

역습

 기습으로 당의 식량창고에 불을 지른 지 3일의 시간이 지났다. 하지만 이세민은 아무런 공격도 하지 않았다. 불안하다. 이세민은 이대로 물러서지 않을 것이다. 이대로 물러설 것이라면 시작도 안 했을 것이다.
"왜? 그렇게 심각한 얼굴을 하고 계신 것입니까?"
"이세민의 의중을 모르겠다."
"아버지도 간자間者들에게 들어서 아시지 않습니까? 이세민이 병력을 이곳에 집결하라는 명령을 내렸다는 것을."
 알고 있다. 내 불안함은 이세민이 집결시킨 병력 때문이 아니었다. 아무리 병력이 많이 온다고 해도 불안하지 않다. 나의 불안감은 이세민이 지난 3일 동안 아무런 행동을 하지 않았기 때문이다.

"병력이 안시성에 집결하는 것은 상관없다. 문제는 이세민이 지난 3일 동안 아무런 행동도 하지 않았다는 것이다."

"이세민은 지금의 병력으로는 안시성을 함락시킬 수 없다는 것을 알고 있는 것입니다."

알고 있다. 하지만 이세민의 병력 운용은 이해가 가지 않는다. 지금의 병력으로 안시성을 함락시킬 수 없다. 이세민은 누구보다 잘 알 것이다.

요동에 퍼져 있는 다른 병력들이 올 때까지 병사들을 쉬게 해야 한다. 그러나 안시성 밖의 당의 병력들은 바쁘게 움직이고 있었다.

"그래, 이세민도 알고 있겠지. 하지만 병력들의 움직임이 심상치 않다."

준선의 얼굴에 조소嘲笑가 드리워졌다.

"요동에 퍼져 있는 병력들이 도착하면 안시성에 총공격을 하기 위해 준비하고 있는 것입니다."

준선의 조소 어린 얼굴에서 고개를 돌렸다. 이세민의 막사가 눈에 들어왔다. 막사는 여느 때와 같이 크고 화려했다. 그리고 아무것도 없는 듯 조용했다. 내가 이세민에 대해서 너무 과한 생각을 하고 있는 것일 수도 있다.

"그랬으면 좋겠구나."

불안감이 가시지 않았다. 아니 점점 가중되어 갔다.

"아버지, 저기를 보십시오."

준선의 손가락이 투석기를 가르쳤다. 3일 동안 움직임이 없던 투석기가 마침내 움직이기 시작했다.

"이세민의 행동이 이해가 되지 않습니다. 투석기 공격은 안시성에 아무런 피해를 줄 수 없다는 것을 알 텐데."

무엇인가 있었다. 투석기가 성벽 쪽으로 다가올수록 불안감은 더해져 갔다.

"궁병을 성벽 위로 집결시켜라."

준선은 고개를 갸웃했다.

"곧 투석기가 성벽 위로 돌을 날릴 것입니다."

"알고 있다. 빨리 궁병을 성벽 위로 집결시켜라."

"명령에 따를 수 없습니다. 지금은 성벽 아래에서 투석기 공격이 멈출 때까지 숨어 있어야 합니다."

"너와 언쟁言爭할 시간이 없다. 빨리 궁병을 집결시켜라."

"아버지."

준석과 언쟁하고 있는 지금에도 투석기는 성벽에 가까이 다가왔다.

"이세민이 노리는 것은 성벽이 아니다. 그러니 빨리 궁병을 성벽 위로 집결시켜라."

"예, 무슨?"

피이이이융—.

투석기가 던진 커다란 돌이 날아오는 특유의 소리가 들렸다.

쾅—.

"꺄—악—."

여인의 비명과 함께 성안의 집이 무너져 내렸다. 그것을 시작으로 커다란 돌들이 성안으로 떨어지기 시작했다.

"어떻게?"

불안감의 정체는 이것이었다. 이세민은 요동의 성들을 함락시킬 때 백성들은 공격하지 않았다. 연개소문을 징치懲

治하기 위해 고구려의 국경을 넘었다는 명분 때문이었다.

"빨리 궁병들을 성벽 위로 집결시키고 투석기를 공격하라!"

"예? 예."

준선은 정신이 없어 보였다.

"빨리 움직여라, 나는 백성들을 피신시키겠다."

"예, 알겠습니다."

준선은 망연한 얼굴을 하고 병사들이 있는 쪽으로 뛰어갔다. 나도 비명을 지르며 공포에 떨고 있는 백성들 쪽으로 뛰어갔다.

모든 것이 나의 잘못이다. 이세민이 성벽 안쪽으로 투석기 공격을 할지 미처 예측하지 못했다.

한편으로 이세민의 약점은 명확해졌다. 당은 지금 식량이 부족하다. 명분을 버리고 백성들을 공격할 만큼, 식량창고가 전소된 것은 이세민이 분노할 만큼 치명적인 것이었다.

"빨리 이쪽으로."

백성들은 공포에 떨고 있다. 한시라도 빨리 안전한 곳으로 이동시켜야 한다.

피이이이웅—.

"성주님, 피하세요."

무슨?

"까—악—, 성주님."

안시성주가 정확히 약점을 파고 들었다. 그래서 투석기를 이용해 성벽 안쪽 백성들을 공격했다. 그것은 명백한 실수였다. 투석기 공격이 끝나고 안시성주는 확신했을 것이다. 지금 나에게 식량이 얼마 없다는 것을.

"경계를 강화하라."

"예."

수성守城이 힘든 것은 원군이 언제 올지 모른다는 것과 적이 언제 돌아갈지 모른다는 것이다. 하지만 안시성주는 투석기 공격으로 알게 되었다. 나의 약점을 파악한 안시성주는 더 이상 성밖으로 나오는 위험한 공격은 하지 않을 것이다.

"황제폐하, 안시성이 이상합니다."

장손무기가 이해할 수 없는 이야기를 하였다. 안시성은 이상할수 있다. 안시성 안쪽으로 커다란 돌을 날렸으니 백성들이 두려움에 떨며 동요할 것이다. 하지만 그것은 이상한 일이 아니다. 당연한 일이다. 막사에서 나와서 안시성을 바라보았다.

"정말 이상하군."

이상했다. 안시성의 병사들과 백성들이 바쁘게 움직였다. 하지만 정돈되어 보이지 않았다.

"이제까지와는 전혀 다른 움직임을 보이고 있습니다."

안시성주답지 않았다.

"어수선하군."

병력 배치부터 운용까지 너무 어수선했다. 이제까지의 안시성주와 전혀 다른 새로운 사람이 운용하는 것 같았다. 그것도 처음 병력을 운용하는 자의 어설픈 운용이었다.

"무슨 일이 생겼나?"

안시성주에게 무슨 일이 생긴 것인가?

"그런 것 같습니다."

아니면 안시성주의 함정인가?

　머리가 아프다. 무슨 일이 생긴 것 같다. 하지만 기억이 나지 않는다.

"으음……."

"아버지."

　준선이다. 눈이 잘 떠지지 않는다. 간신히 눈을 떴지만, 눈앞이 흐릿하다.

"괜찮으십니까?"

"어떻게…… 되었느……?"

　목소리가 잘 나오지 않는다.

"백성들을 안전한 곳으로 이동시키다가 날아온 돌 파편에 맞으셨습니다."

　준선의 이야기를 들으니 그 순간이 떠올랐다.

"백, 성, 들, 은?"

　입을 여는 것도 힘겨웠다.

"다행히 크게 다친 이들은 없었습니다. 하지만 많은 가옥들이 파괴되었습니다."

다행이다. 하지만 걱정되는 것이 있었다.

"적, 들, 은?"

"아무런 움직임도 없습니다."

이상했다. 내가 쓰러졌다는 사실을 알았다면 이세민은 가만히 보고 있지 않았을 것이다. 혹 내가 쓰러진 사실을 모르는 것인가?

"너무 걱정하지 마십시오. 제가 잘 하고 있습니다."

준선의 자신감 넘치는 목소리에 쉽게 고개를 끄덕일 수가 없었다.

"적들은 아버지가 쓰러졌다는 사실을 모르고 있습니다. 그러니 심려하지 마십시오."

나의 표정이 좋지 않았을까? 준선의 얼굴에 불만이 가득찼다.

"알, 겠, 다."

준선을 달래기 위해 고개를 끄덕였다.

"쉬십시오, 저는 병사들에게 가보겠습니다."

나의 생각이 얼굴에 비친 것 같다. 준선이 못마땅한 얼굴을 하고 방을 나섰다. 나는 쉽게 눈을 감고 휴식을 취하지 못했다. 이세민은 정녕 몰랐을까? 아니면 준선의 병력 운용이 뛰어난 걸까? 나의 고민은 쉽게 사라지지 않았다.

　안시성주에게 무슨 일이 생긴 것이 확실했다. 지난 3일 동안 안시성주의 모습이 보이지 않았다. 그리고 안시성 안의 움직임은 엉망진창이었다. 지금 또한 이상한 병력의 움직임이 포착되었다. 안시성주는 절대로 그런 어설픈 병력 운용을 하지 않는다.
"장손무기와 이적을 불러라."
"예."
　안시성주에게 문제가 생겼다. 반란이 일어났을까? 아니다. 반란이 일어났으면 저런 움직임을 보이지 않을 것이다.
　병이 생겨 쓰러졌을까? 멀리서 본 안시성주는 병이 있는 것 같지는 않았다. 그렇다면 3일 전 투석기 공격에서 안시성주에게 문제가 생긴 것이 확실했다. 실책이라고 생각했던 일이었다.

"부름을 받고 왔습니다."

장손무기와 이적이 막사로 들어왔다.

"안시성 내부를 보았나?"

"예, 보았습니다."

이적은 자신감 있게 답했다.

"어떻게 생각하지?"

장손무기는 턱수염을 쓰다듬으며 답을 미루었다.

"안시성의 움직임이 지저분해졌습니다. 지금 공격한다면 안시성을 함락시킬 수 있을 것 같습니다."

내가 원하는 답은 아니었다. 안시성의 병사 움직임이 이상한 것은 맞다. 하지만 안시성은 쉽게 함락되지 않을 것이다.

"장손무기, 너는 어떻게 생각하지?"

장손무기의 생각이 더욱 궁금해졌다.

"영국공英国公의 이야기대로 안시성 병사들의 움직임이 달라졌습니다. 그러나 공격해서 함락시킬 정도는 아닙니다."

이미 한 번 나와 공성전을 해보았다. 내가 새로운 공성

방법이 없는 한 안시성주가 없다 해도 똑같은 방법으로 방어한다면 쉽게 막을 수 있을 것이다.

"문제는 공격을 할 것 같은 모습을 보인다는 것입니다."

역시 장손무기였다. 나와 같은 생각을 하고 있었다.

"문제는 안시성주의 의중입니다. 너무 공교롭습니다. 안시성의 이상한 움직임. 그리고 너무 눈에 보이는 공격의 징후입니다. 저는 이것이 모두 안시성주의 기만책欺瞞策이 아닌지 하는 생각이 듭니다."

장손무기의 의심이 타당했다. 그러나 안시성주의 기만책이 아니다. 안시성주라면 절대 공격을 준비하지 않을 것이다. 아니 이렇게 표가 나게 공격 준비를 하지 않을 것이다.

"안시성주의 기만책이 아니다."

지금 다른 자가 안시성을 지휘하고 있다. 누구일까? 지금 누가 안시성을 지휘하고 있을까?

"고연수를 데려오라."

안시성주의 동생일까? 아니면 아들? 누구든 상관이 없다.

"신臣 고연수 황제폐하의 부름을 받고 왔습니다."

"짐朕이 물어볼 것이 있어 불렀다."

"소신小臣, 아는 것이라면 성심을 다해 답하겠습니다."
"혹 안시성주의 가계家系에 대하여 아는 것이 있느냐?"
고연수는 말이 없었다. 고혜진을 불러 물어야 하는 것이 아닌지 고민이 들었다.
"소신이 알기로 안시성주의 부모와 형제는 모두 죽었습니다. 그리고 슬하膝下에는 아들이 하나 있는 것으로 알고 있습니다."
안시성주에게 아들이 있다. 좋군. 아주 좋아.
"아들의 연령은 어떻게 되지?"
"약관(弱冠 20살)을 넘었다 들었습니다."
약관을 갓 넘긴 아들이 있다. 좋다. 아주 좋다. 지금 안시성의 움직임으로 보아 안시성을 지휘하고 있는 것은 안시성주의 아들이 확실하다.

함정

安市
城

함정

몸은 점점 좋아지고 있다. 하지만 무엇인가 이상했다. 준선이 나를 피하는 것 같았다.

"어떠한가?"

"곧 움직이셔도 괜찮을 것 같습니다."

내가 느끼기에도 처음보다 많이 좋아진 몸 상태에 고개를 끄덕였다.

"백성들은 어떻게 지내고 있는가?"

준선이 백성들을 괴롭힐 거라 생각하지 않는다. 하지만 백성들을 이끌기에는 아직 경험이 부족했다.

"성주께서 쓰러지시고 동요하는 백성들이 많았으나 지

금은 안정을 되찾았습니다."

다행이다. 백성들이 잘 견디어 주었다.

"적들은 어떠한가?"

준선은 나의 안정을 핑계로 아무런 내용도 알려주지 않았다.

"적들은 성밖에서 아무런 움직임도 없습니다."

이상했다. 이세민이 내가 쓰러졌다는 사실을 알았다면 분명 안시성을 어떤 방법이든 공격했을 것이다. 아니면 어떠한 움직임이라도 있어야 했다.

"정녕 아무런 움직임도 없었나?"

"예, 당의 병사들은 성을 공격하지도 물러나지도 않았습니다."

내가 쓰러진 사실을 이세민이 모른다면 가능했다. 하지만 모를 수가 있을까?

"병사들은 어떠한가?"

의생이 말이 없다. 설마 병사들에게 문제가 생긴 것인가?

"빨리 말하라."

"그것이."

의생은 우물쭈물하다 입을 열었다.

"병사들은 준선 공자님을 잘 따르고 있습니다."

아니다. 무슨 문제가 있는 것이 확실하다.

"그러나 조금씩 불만이 나오고 있습니다."

"무슨 불만인가?"

"준선 공자께서 강한 훈련을 시키고 있어 병사들이 준선 공자께 불만을 가지고 있습니다."

전쟁 중 병사를 훈련시키는 장수는 없다. 훈련은 전쟁을 대비하기 위해 시키는 것이다. 그런데 전쟁 중에 병사들을 훈련시킨다고? 불안하다.

"준선을 불러오게."

"예."

준선은 무엇을 생각하고 있는 것이가? 한참을 고민해도 답이 나오지 않는다.

"아버지, 준선입니다."

"들어오너라."

준선은 방으로 들어와 자리에 앉았다.

"무엇을 준비하고 있느냐?"

준선의 얼굴이 굳었다. 동공이 흔들리며 고개를 돌려 눈을 피했다.

"무슨 말씀을 하시는지 모르겠습니다."

거짓말이다. 준선은 거짓말을 하고 있다.

"나에게 숨기는 것이 무엇이냐?"

"숨기는 것은 없습니다."

답하는 준선의 목소리가 떨렸다. 불안에 떨 만큼 큰일을 계획하고 있다. 위험하다. 준선은 지금 공명심에 무모한 일을 하려 하는 것 같다.

"숨기는 것이 무엇이든 상관없다. 내일부터 내가 다시 지휘하겠다."

"예?"

준선의 당황하는 모습에 확신했다. 준선은 무엇인가 준비하고 있다. 아니 이세민을 공격하려 하는 것이다. 안 된다. 더 이상 준선에게 안시성을 맡겨 둘 수 없다.

"아니, 나는 괜찮다. 그러니. 아무 일도 하지 말거라."

나의 단호한 말에 준선은 당황한 것 같았다.

"아버지, 제가 보기에는 아직 완쾌完快되신 것 같지 않습니다. 조금 더 휴식을 취하시는 것이 맞는 것 같습니다."
"내일부터 내가 다시 지휘하겠다."
"알겠습니다."
 다행이다. 준선은 나의 뜻을 알아 들은 것 같다.

 기습이라? 성문을 열고 전면전을 펼칠 것이라 생각했다. 하지만 안시성주의 아들은 기습을 준비하고 있다. 이런 뻔한 기습에 당할 것이라고 생각하다니. 지금 안시성주의 아들은 전략이라는 것을 모르는 것 같다.
 안시성에 닭과 돼지를 잡는 소리가 막사까지 들려왔다. 필시 기습을 준비하는 병사들을 위해 음식을 준비하는 것이다.
 안시성주가 기습을 할 때 들킨 적은 없었다. 그리고 소수의 병력만 이용하였다. 기습 실패에 대한 병력 손실을 최소화하기 위함이다. 하지만 안시성주의 아들은 기습을 할 것이라는 점을 숨기지 않았다. 이것은 기습이라고 할 수도 없다. 또한 닭과 돼지 잡는 소리가 막사까지 들리는 것으로 보아 이번 기습에는 많은 병사들이 동원될 것 같다.
"어찌 생각하나?"
"오늘 새벽 기습이 있을 것 같습니다."
어수선한 성내의 움직임으로 보아 그럴 정황은 다분했다.
궁금해졌다. 안시성주는 어찌 되었을까? 혹 죽은 것일까? 안시성주가 죽었다면 나의 승리는 확실하다.
아무리 안시성주가 만반의 준비를 했다고 해도 내부에서 무너지는 것은 막을 수 없다.
성이 적들에 둘러싸이게 된다면 불안하게 되어 성주를 믿지 못하게 된다. 하지만 안시정주의 만반의 준비로 전투에서 승리했다. 안시성의 백성과 병사들은 안시성주를 신뢰하며 내가 물러나게 될 것을 확신하고 있다.
하지만 병사들이 죽고 다친다면 백성들과 병사들의 신뢰는 무너질 것이다. 그렇다면 안시성주의 아들은 신뢰가 무너진 안시성을 수습할 수 없다.
"어디를 공격할 것 같은가?"
"작은 성과를 원한다면 주둔지 끝의 병사들을 공격할 것입니다. 큰 성과를 원한다면 식량창고를 노릴 것입니다."

안시성주 아들은 공명심功名心을 채우기 위해서 기습을 하는 것이다.

"나를 노릴 것이다."

"설마?"

"이번 기습의 목표는 나다. 나를 사로잡거나 죽여 전쟁을 끝내려 할 것이다."

장손무기는 고개를 흔들었다.

"무모합니다."

"장손무기. 너의 약관의 시절을 기억하나? 어땠지?"

"천둥벌거숭이 같았습니다."

"나도 너와 같았다. 철없고 두려움을 몰라. 함부로 날뛰었지. 그리고 안시성주의 아들 또한 그럴 것이다."

"하지만 위험하고 무모한 짓입니다."

젊은 시절 나와 함께 천하가 좁다고 날뛰던 장손무기도 세월이 흐르니 늙은이가 되어 버렸다. 젊은 시절 이름을 날리기 위해 했던 무모한 일들이 생각나지 않는가 보다.

"젊음은 패기롭다. 무엇이든 할 수 있다고 생각하지. 그리고 공명심에 빠진 사람은 위험하고 무모한 짓을 하지.

안시성주의 아들은 젊고 공명심까지 가득하다. 그렇지 않다면 대규모 기습을 생각하지도 않겠지."

장손무기는 가만히 나를 바라보았다.

"황제폐하에 대한 경계를 강화하겠습니다."

세월이 지나며 장손무기는 지혜로워졌다. 하지만 패기는 사라지고 안전만 추구하게 되었다.

"아니, 나의 막사에 올 때까지 놓아 두어라."

"폐하."

장손무기는 놀라 내 앞이라는 것도 잊은 것 같다. 나에게 소리를 지르다니, 다른 때 같았으면 넘어가기 힘든 죄였다. 하지만 장손무기가 놀라는 것도 이해가 되었다.

"안시성주에게 문제가 생긴 것은 확실하다. 이때 안시성주 아들만 잡을 수 있다면 안시성은 쉽게 함락시킬 수 있다."

"너무 위험합니다."

장손무기는 절대 허락하지 않을 것 같은 표정을 하고 있다.

"내가 위험을 감수한다면 전쟁을 빨리 끝낼 수 있다."

"황제폐하께서 위험에 빠진다면 패배로 끝날 것입니다."

장손무기의 걱정은 타당하다. 안시성주 아들이 무모한 작전을 하는 이유. 나를 사로잡거나 죽인다면 전쟁은 끝난다. 그리고 그는 영웅이 될 것이다.

 하지만 위험이 무서워 안시성에서 나오자마자 물리친다면 적의 피해는 미미할 것이다. 그것은 쉽게 안시성을 함락시킬 수 있는 기회를 버리는 것이다. 위험이 없다면 기회도 얻을 수 없다.

"나는 나의 장수와 병사들을 믿는다."

 결국 장손무기는 한걸음 물러섰다. 이제 안시성주의 아들이 나에게 승리를 가져오기를 기다리면 된다.

 무엇인가 이상했다. 안시성이 묘한 열기로 가득 차 있는 듯한 기분이 들었다. 이대로 방안에 있으면 안 될 것 같다. 밖으로 나가서 이상한 느낌이 어디에서 시작되는지 알아야겠다.

"성주님, 이 새벽에 어디를 가시려 하십니까?"

 내가 방문을 나서자 병사 하나가 기다렸다는 듯 막아섰

다. 기억이 났다. 이 병사는 나보다 준선을 더 따르던 병사였다.

 왜? 이 병사가 내 방문 앞에 있는 것이지? 준선이 나를 감시하고 있었나?

 "머리가 아파서 바람을 쐬려고 하네."

 "성주께서 몸 상태가 안 좋으시니 방 밖으로 나가시지 않도록 하라는 공자의 명이 있었습니다."

 준선이 나를 방 밖으로 내보내지 말라 했다고?

 "준선은 어디 있느냐?"

 "준선 공자가 어디 있는지 잘 모르겠습니다."

 거짓말이다.

 "말하라."

 지금 내 앞에 있는 병사는 준선이 무슨 생각을 하고 있는지 알고 있다.

 "무엇을 말씀입니까?"

 그래, 쉽게 말하지 않겠지.

 "지금 준선은 무슨 일을 꾸미고 있지?"

 병사는 고개를 흔들었다.

"준선 공자는 아무런 일도 꾸미고 있지 않습니다."
"말하라."
"저는 아무것도 모릅니다."
입이 가벼운 녀석에게 나를 지키게 하지는 않았겠지?
"그럼, 비켜라."
병사는 다시 나를 막아 섰다.
"그럴 수 없습니다."
병사의 얼굴에 다급함이 느껴졌다. 생각해 보니 아침이면 준선에게 잠시 맡겼던 병사들의 지휘는 나에게 다시 돌아온다. 준선이 꾸민 일을 실행할 시간이 얼마 남지 않았다. 곧 준선이 계획했던 일을 실행하려 한다.
"지금인 것이냐?"
"예?"
큰일이다. 나의 질책에 닭과 돼지를 잡아 병사들을 위로하는 줄 알았다. 그런데 공격을 하기 전에 병사들 사기를 올리기 위한 방편이었던 것인가?
"준선이 계획한 일을 실행하려 하는 것이 지금이냐고 물었다."

"그것이."

"설마 성문을 열고 전면전을 벌이려 하는 것이냐?"

"아닙니다. 절대 그런 것은 아닙니다."

다행이다. 최악의 상황은 아니다. 그럼 무엇을 하려는 것이냐? 설마.

"당의 막사를 기습하려는 것이냐?"

"어떻게?"

기습이란 적이 몰라야 한다. 하지만 내가 닭과 돼지를 잡는 소리를 들었듯이 이세민도 들었을 것이다.

"막아야 한다. 이세민은 준선의 기습을 알고 있다."

"예?"

병사는 망연자실해 어쩔 줄 몰랐다.

"준선은 어디 있느냐? 준선을 막지 않는다면 큰 사단이 날 것이다."

"그것이."

"빨리."

병사가 이끌고 있는 길은 당의 막사가 있는 성벽 쪽이다. 무모하다. 이세민은 준선은 어설픈 책략으로 당할 상대가 아니다.

"와—."

성벽 밖에서 병사들의 함성이 들린다. 늦었구나. 늦었어.

병사들이 횃불을 들고 원을 그리고 서 있다. 그리고 원의 가운데에 안시성 병사들이 잔뜩 긴장한 채 서 있다.

"항복하라."

고작 천여 명의 병사로 나를 죽일 수 있다고 생각한 것인가?

"항복하면 목숨은 살려주마."

병사들 중 한 명이 앞으로 나왔다.

"우리는 항복하지 않는다."

"안시성주의 아들인가?"

"그렇다."

역시 직접 황제인 나의 목을 베어야 확실한 공을 세울 수 있다고 생각했을 것이다.

"이름이 무엇인가?"

"양준선이다."

안시성주의 안위安危가 궁금했다. 안시성주의 안위에 문제가 있다면 양준선을 잡거나 죽인다면 안시성은 바람 앞의 등불과 같다.

"안시성주는 어찌 되었지?"

양준선은 잠시 멈칫거렸다. 무슨 일이 있는 것은 확실했다.

"아버지에게는 아무런 일도 없다."

아쉬웠다. 목숨에는 문제가 없는 것 같았다. 상관없다. 안시성주를 흔들 수 있는 것이 눈앞에 있으니.

"그래. 알겠다, 이적."

궁금증은 풀었다. 잡담은 이제 끝이다.

"신臣 이적."

옆에 있던 이적이 앞으로 나왔다.

"사로잡아라. 반항하면 죽여도 좋다."

"명을 받들겠습니다."

오호. 맞서려 하는 것인가? 양준선 젊어서 그런 것인가? 패기가 넘치는 구나.

"황제가 앞에 있다. 황제를 잡는다면 승리는 우리의 것이다."

양준선의 이야기가 맞다. 나를 잡는다면 승리할 것이다. 하지만 잡지 못한다면 천여 명의 병사들은 모두 죽을 것이다. 무모하다. 포위망을 뚫고 도망을 친다면 후일을 도모할수 있었을 것이다. 지금 너의 선택이 안시성에 패배를 안겨 줄 것이다.

성벽 위에 올라왔을 때 눈에 들어온 것은 둘러싸인 준선과 병사들이었다. 어떻게 해야 준선과 병사들을 구할 수 있을까?

"궁병들을 부르라."

"예?"

"빨리 궁병들을 모두 성벽 위로 소집하란 말이다."

"황제를 잡아라."

멀리서 준선의 외침이 들려왔다. 준선의 선택은 황제를 사로잡는 것이었다. 포위된 상황에서 할 수 있는 최선의 선택이다. 하지만 병력 차이가 너무 많이 났다. 병장기兵仗器 부딪치는 소리와 비명이 들릴수록 초초해져만 갔다.

"집결했습니다. 명을 내려주십시오."

다행이다. 준선과 병사들이 사로잡히기 전에 궁병들이 성벽 위로 올라왔다.

"모든 궁병에게 효시를 준비시켜라."

"알겠습니다."

내가 도울 수 있다는 사실을 준선에게 알려야 한다.

"내가 명령하면 발사하라."

"예."

내가 갈 때까지 준선이 무사하기만을 바란다.

과연 누가 수 많은 적들에게 둘러싸여 있는데 저들과 같이 용맹하게 싸울 수 있을까? 처음 안시성을 공격할 때도 생각했던 것이 있다. 안시성의 병사들은 내가 본 어느 병사보다 용맹했다. 그것은 적이라도 감탄이 나올 정도였다.

"막아, 황제폐하에게 오지 못하게 막으란 말이다."

 느리고 조금씩이지만, 나에게 점점 다가오고 있다. 적이지만, 칭찬해주고 싶을 정도다.

"황제가 앞에 있다."

 맹장이구나. 어린 나이에 강한 무력을 가지고 있다니. 안시성주에게 부러움이 생길 정도이다. 아쉽지만, 죽여야 한다. 전략이 뛰어난 안시성주에게 이런 아들이 있다면 안시성을 함락시키는 데 걸림돌이 될 것이다. 그리고 나중에 안시성주에게 전략까지 배운다면 무서운 장수가 될 것이다. 그 전에 죽여야 한다.

"황제폐하를 보호하라."

 정말 감탄을 금하지 못하겠다. 이제 남은 고구려의 병사는 고작 3백여 명이다. 하지만 내 앞 10장(30m)까지 당도하였다. 양준선이 가까이 오자 물러설까 고민도 했다. 하지만 도망칠 수는 없다. 황제가 두려워 도망친다면 적을 잡아도 병사들의 사기는 바닥으로 떨어질 것이다.

"황제폐하가 위험하다. 황제폐하를 지켜라."

 왔구나. 주둔지에 수많은 횃불이 일어나는 모습은 장관

이다. 기습을 허용하고 주둔지 깊숙한 곳까지 들어오게 만들기 위해 병사들에게 경계를 소홀하게 하고 쉬게 만들었다.

"황제폐하, 병사들이 모두 일어났습니다."

끝났다. 적을 포위하고 있는 우리 병사들의 얼굴이 환희의 표정으로 변했다. 양준선과 고구려 병사들의 얼굴에는 절망만이 가득했다. 절망에 빠진 적들이 할 수 있는 것은 없다. 승리는 나의 것이다.

횃불의 바다가 일어섰다. 그리고 횃불의 바다 가운데 조그마한 원이 어둡게 그려져 있다. 저곳에 준선이 있을 것이다.

"효시 발사 준비."

"준비."

"발사."

피—웅—.

수백 발의 효시가 요란한 소리를 내며 하늘로 날아갔다.

효시 소리에 놀란 당의 병사들이 들고 있는 횃불이 이리저리 흔들렸다.

"발사."

명령에 따라. 횃불이 보이는 곳에 화살이 날아갔다.

"으—악—."

비명과 함께 적들이 동요하는 것이 보였다.

"횃불이 있는 곳에 화살을 날린다."

준선과 병사들을 구하기 위해 성에서 나왔지만, 전면전을 벌일 수 없다. 준선이 이성을 잃지 않았다면 후퇴할 것이다.

횃불이 바닥에 떨어졌다. 떨어진 횃불을 따라 검은 동그라미가 움직이기 시작했다.

"물러나면서 화살을 날린다."

새벽녘인 것이 도움이 되었다. 횃불로 적과 우리 편을 구분할 수 있었다. 다행이다. 준선이 나의 생각을 알아차렸다. 적의 포위망을 뚫고 우리에게 다가오는 것이 보였다.

"적들이 몰려옵니다."

"빠르게 물러서면서 약속된 위치까지 이동한다."

적에게 화살을 날리는 것을 멈추고 빠르게 후퇴해야 한다. 무사히 약속된 장소에 도착할 수 있었다.

"준선과 병사들은?"

"곧 도착할 것 같습니다."

"적들은?"

"적들도 뒤를 바짝 쫓고 있습니다."

"효시 준비."

"준비."

"발사."

피―웅―.

다시 한 번 효시 수백 발이 날아가는 요란한 소리가 들렸다. 효시 소리와 함께 안시성 성벽에서 기다리고 있던 궁병들이 일어났다. 그리고 횃불을 향해 화살을 쏘기 시작했다.

당했다. 이렇게 적들이 빠져 나갈 줄 몰랐다. 안시성에서 구원군을 보낼지 몰랐다. 효시로 구원군이 있다는 사실을 알릴지 몰랐다. 횃불을 들고 있는 병사들을 화살로 공격할지 몰랐다. 그리고 횃불이 떨어져 도망치는 방향까지 유도할지 몰랐다.

아니, 이 모든 것이 안시성주의 책략이라는 것에 전율이 일었다. 정말 쉽지 않은 상대이다.

"어찌 되었느냐?"

"그것이."

도망쳤군.

"잡지 못하였느냐?"

"그렇습니다."

너무 안일했다. 설마 적들이 원군을 보낼지 몰랐다. 그리고 원군이 어둠을 이용해 횃불을 든 우리 병사들만 노릴지도 몰랐다. 그렇다고 횃불을 버리라고 할 수도 없었다. 횃불이 없다면 피아彼我를 구분할 수 없기에 당연했다.

"피해는?"

"기습으로 당한 병사와 화살에 당한 병사를 합하면 천여 명에 달합니다."

"적들은?"

"수백을 죽이거나 사로잡았습니다."

수백대 천이라. 손해가 막심했다. 기습을 막고 적을 포위했다는 것에 빠져 후방에 공격이 있을 수도 있다는 생각을 하지 못한 나의 잘못이다.

많은 병사들이 죽거나 사로잡혔다. 조금 빨리 준선의 생각을 알아 차렸어야 했다. 나의 실책이다.

"준선."

피와 땀으로 범벅된 준선이 앞으로 나왔다.

"꿇어라."

준선은 순순히 무릎을 꿇었다.

"할말이 있느냐?"

"없습니다. 모든 것이 저의 잘못입니다."

"나는 분명 너에게 명했다. 무엇을 계획했든 하지 말라고. 하지만 너는 나의 명을 무시했다. 인정하느냐?"

"인정합니다."

준선은 모든 것을 체념한 것 같았다.

"기습이 잘못되었다는 것을 알았을 때, 넌 포위를 뚫고 후퇴를 결정해야 했다."

준선이 고개를 저었다.

"황제가 바로 앞에 있었습니다. 황제를 잡는다면 전쟁은 승리로 끝이 났을 것입니다."

아직도 잘못을 모르고 있다.

"아니, 너는 장수로서 병사를 지켜야 했다. 한 명의 병사라도 더 살리기 위해 노력해야 했다."

"그것은……."

"너의 공명심 때문에 얼마나 많은 병사가 죽었는지 아느냐? 수백의 병사가 죽었다. 그들에게 변명을 할 수 있느냐?"

준선은 고개를 숙였다.

"없습니다."

"그럼, 죽어라."

나는 검을 뽑아 들었다.

"성주님."

준선을 따라 기습을 나섰던 병사들은 내 앞을 가로막

앉다.

"공자를 살려주십시오."

 나는 고개를 저었다. 준선의 실수로 죽어간 병사들의 넋을 달래야 한다.

"장수란 무릇 승리에 대한 가장 큰 과실을 얻는다. 그리고 패배에 대한 책임도 지는 것이 장수다. 준선은 패배를 했고 수백의 병사를 죽음으로 몰았다. 준선은 죽음으로 책임져야 한다. 그러니 비켜라."

 나의 명령에도 병사들은 비켜서지 않았다.

"기습에 참가한 병사들은 모두 스스로 선택한 이들입니다. 단 한 명도 강제로 기습에 참가하지 않았습니다."

"그것은 문제가 되지 않는다."

"아닙니다, 우리는 모두 공자의 전략을 듣고 기습에 참가하였습니다. 그러니 스스로 선택한 것입니다."

 어찌해야 한단 말인가?

"공자를 살려주십시오."

 주변의 모든 병사들이 무릎을 꿇었다. 준선을 바라보았다. 준선은 눈을 감고 있었다.

"아직 전쟁은 끝나지 않았습니다. 공자의 무력은 전쟁에 큰 도움이 될 것입니다."

준선의 무력은 전쟁에 도움이 되는 것은 확실하다. 하지만 아무런 벌도 없이 용서할 수는 없다.

"명한다. 지금부터 준선은 나의 아들도 장수도 아니다. 최하위 병사로 강등하여 최전방에서 적들을 맞이하라."

"감사합니다."

병사들은 안도의 한숨을 쉬며 나에게 절을 했다. 자신들을 사지로 몰아넣은 장수를 지지하는 병사들에게서 나는 몸을 돌렸다.

토산

安市城

토산

새벽에 기습한 병사들을 구해간 것은 안시성주가 확실했다. 안시성주가 아니라면 하루아침에 어수선한 안시성이 안정을 찾을 이유가 없다. 이런저런 생각을 하고 있을 때 장손무기가 막사 안으로 들어왔다.

"그래, 포로의 신문訊問은 끝났나?"

"예, 끝났습니다."

"말해보게."

"처음 안시성의 병사는 3만 정도였다고 합니다."

"전투와 기습의 실패로 지금은 2만 정도 되겠군."

"그렇습니다."

병사는 2만 정도밖에 안 된다고 하지만 안시성에 있는 백성들이 안시성주를 적극적으로 도와 수성을 할 것이다. 병사가 2만이라고 안심할 수 없다.

"식량은?"

"성에 있는 병사와 백성이 1년은 버틸 수 있는 식량을 보관하고 있다고 합니다."

"으음……."

　역시 안시성을 함락시켜야 한다. 안시성을 함락시키지 못하면 평양성까지 가는 것은 생각할 수도 없다.

"그리고 황제폐하의 말씀대로 지난 투석기 공격에 안시성주가 상처를 입고 쓰러졌었다고 합니다."

"그래."

"예. 안시성주가 쓰러지자, 아들인 양준선이 지휘를 맡았다고 합니다."

"당연히 기습은 양준선이 전략이었겠지?"

"그렇습니다. 그런데 처음에는 성문을 열고 나와서 전면전을 하려 했다고 합니다."

　우리 병사를 나약하게 보여 전면전을 하려는 전략이 성

공했었군. 그런데 왜? 갑자기 기습으로 전략으로 바꾼 것인지 모르겠다.

"전면전에서 갑자기 기습으로 바꾼 이유가 무엇이지?"

"오늘 안시성주가 아들에게 줬던 지휘권을 다시 가져오기로 했다고 합니다."

"갑작스런 안시성주의 등장에 계획이 틀어졌군."

"그렇습니다. 그래서 오늘 새벽에 기습을 하지 않으면 안 되었던 것입니다."

"안시성주가 지휘권을 회복하면 죽거나 반란을 일으키지 않는 한 아들인 양준선에게 다시 지휘권이 돌아가는 일은 없겠지."

"예."

안시성 내부의 상황을 알게 되었다. 그리고 양준선과 안시성주가 왜 그런 행동을 했는지도 알았다. 문제는 안시성주가 지휘권을 회복했다는 것이다.

결국 요동에 펴져 있던 이세민의 병사들이 안시성 앞으로 집결하였다. 집결한 병사들의 합은 30만이 넘어가는 것 같았다. 수많은 병사가 안시성의 성벽을 넘기 위해 달려오고 있다.

"발사."

수천 발의 화살이 하늘 위로 날았다. 하늘로 날았던 화살들이 당의 병사들에게 비처럼 쏟아졌다.

"으—악—."

병사들의 비명이 들린다. 동려同侶들이 비명을 지르며 쓰러졌음에도 병사들의 발걸음은 멈추지 않았다.

"기름을 부어라."

"돌을 던져."

"성벽에 올라오지 못하게 막아."

뜨거운 기름에 몸이 짓물러도 돌에 맞아 머리가 깨져도 적들은 성벽을 오르는 것을 멈추지 않았다.

"불화살을 쏴라."

뜨거운 기름 위로 불화살이 떨어졌다.

"으아아아아악—."

불이 붙은 병사들이 자지러지는 비명을 질렀다. 몸에 붙은 불을 끄기 위해 땅바닥에 구르며 노력했으나 쉽게 꺼지지 않았다.

 고통에 찬 비명을 무시하며 당의 병사들은 성벽을 넘기 위해 온힘을 다했다. 하지만 우리 병사들도 성벽을 넘지 못하게 하기 위해 온힘을 다했다.

 결국 전투는 해가 산을 넘어가는 황혼이 되어서야 끝이 났다. 전투가 끝난 성벽 위로 무엇인가 탄 냄새와 피비린내가 가득했다. 성벽 아래에는 적들이 처참하게 죽어 버려져 있다.

 저번의 전투로 공성전은 무의미하다는 것을 알았을 것이다. 하지만 오늘 또다시 전면전인 공성전을 진행했다. 이세민이 원하는 것이 무엇인지 모르겠다.

 전면적인 공성전이 수많은 죽음을 남긴 채 실패로 끝났다. 단순한 전략이었다. 30만의 병력을 투입하여 몰아붙인다면 두려움 때문에 항복할 거라 생각했다.

작전이라 생각했다. 하지만 최선이자 최악의 선택을 하고 싶지 않은 나의 막연한 바람으로 밀어 붙인 치기 어린 행동이었다.

"이번 공성전에 실패했지만, 아직 우리 군은 적의 10배가 넘는 병력을 가지고 있습니다. 적이 모두 죽을 때까지 계속 공격하는 것이 어떻겠습니까?"

한심한 작전을 이야기하는 것은 누구지? 이도종의 과의果毅 부복애傅伏愛라고 했던 것이 기억났다.

안시성을 공격했을 때 우리 병사 수천이 죽었다. 하지만 안시성의 병사는 백여 명 정도 죽었을 것이다.

"안시성의 병사들이 모두 죽을 때까지 공격한다면 우리 군은 100만이 있어도 모자랄 것입니다."

더 이상 막무가내 돌격의 공성전은 의미가 없다.

"이제 남은 것은 두 가지 방법뿐입니다."

결국 최선이자 최악의 선택을 해야 할 때가 왔다.

"땅굴을 파거나 토산을 쌓는 것 중 선택해야 합니다."

식량이 얼마 없는 나에게 시간이 얼마나 걸릴 지 모르는 최악의 선택을 해야 한다. 하지만 안시성을 함락시킬 수 있는 최선의 선택이기도 하다.

"땅굴은 토산에 비해 시간도 얼마 걸리지 않으며 적의 방해도 받지 않습니다."

하지만 땅굴은 진동으로 인해 물그릇을 땅에 올려놓는 것만으로도 알 수 있다. 또한 비가 오면 땅굴은 쉽게 무너진다. 비가 오지 않아 땅굴이 무너지지 않는다 해도 땅굴을 막는 방법은 너무 많다.

"그러나 땅굴은 너무 쉽게 막을 수 있습니다. 땅굴은 맞굴을 파거나 땅굴에 쇳물을 붓는 것으로 쉽게 막을 수 있습니다."

회의가 진행될수록 결론은 하나로 귀결歸結되었다.

"토산을 쌓아야 합니다."

장손무기의 입에서 듣고 싶지 않은 이야기가 흘러나왔다. 토산을 쌓는 다면 안시성을 함락시킬 수 있을 것이다. 하지만 너무 많은 시간을 필요하다.

"토산土山을 쌓는 것 이외에는 방법이 없는 것인가?"

장수들은 아무런 말도 하지 못했다. 시간은 나의 편이 아니다. 시간이 지나면 지날수록 나에게 불리하다.

"예, 그렇습니다."

침묵 속에 장손무기가 입을 열었다.

"얼마의 시간이 걸릴 것 같은가?"

"밤낮을 쉬지 않고 쌓는다면 50일에서 60일 정도 걸릴 것이라 생각됩니다."

생각보다 더 많은 시간이 필요했다.

"토산을 쌓는 것이 아무리 어려워도 너무 많은 시간을 소모하는 것이 아닌가?"

장손무기는 고개를 저었다.

"안시성벽 높이가 5장(長 15m)에 이릅니다. 토산은 안시성벽보다 높이 쌓아야 됩니다. 그리고 안시성주가 토산을 쌓는 것을 보고만 있지 않을 것입니다. 또한 비가 오는 날도 있을 것이니 60일도 적게 잡은 것입니다."

장손무기의 답에 인상이 저절로 찌푸려졌다. 공교롭게도 오늘은 칠석(七夕 음력 7월 7일)이다. 60일 후면 중양절(重陽節 음력 9월 9일)이 된다.

"식량은 충분한 것인가?"

"교월(巧月 9월)안에 안시성을 함락시키고 군량을 확보한다면 평양성까지 가는 것은 문제가 없습니다. 하지만 안시성을 함락시키지 못한다면 퇴각을 해야 합니다."

교월까지 안시성을 함락시키지 못한다면 나의 패배로 전쟁은 끝난다. 결코 있어선 안 될 일이다.

"이도종."

"예."

"토성을 쌓아라."

"예, 알겠습니다."

패배할 수 없다. 패배해서는 안 되는 전쟁이다. 패배란 있을 수 없다.

이세민은 토산을 쌓기로 결정했다. 당의 병사들은 밤낮없이 흙을 날라 성벽 30장(長 90m) 앞에 내려 놓았다.

"화살을 쏘아라, 적들을 막아."

우리 병사들은 토산을 쌓지 못하게 막고 있지만, 쉽지 않은 일이다.

"토산을 쌓지 못하게 공격해."

토산을 쌓기 시작한 지 열흘이라는 시간이 흘렀다. 토산을 쌓기 위해 다가오는 병사들을 향해 화살을 쏘며 공격했다. 방패병이 토성을 쌓는 병사들을 보호했지만, 당의 병사 수백이 쓰러지는 것은 막지 못했다.

 수백의 병사가 화살에 맞아 쓰러졌지만, 이세민은 멈추지 않았다. 그리고 어느새 작은 둔덕이 생겼다.

 토산을 쌓지 못하게 막아야 한다. 하지만 수많은 병사들이 밤낮 없이 쌓는 토산을 막을 수 있는 뾰족한 방법이 생각나지 않았다.

 "남은 화살이 얼마 없습니다."

 우리가 토산을 쌓는 적들을 공격할 방법은 성벽 위에서 화살을 쏘는 방법뿐이다. 하지만 열흘 넘게 쏘아대다 보니 화살이 얼마 남지 않았다.

 "어찌해야 합니까?"

 이세민은 토산을 성벽보다 높이 쌓을 것이다. 그리고 성벽보다 높아진 토성 위에서 화살을 쏠 것이다. 성벽 위에 병사가 서 있을 수 없을 때까지 화살을 쏠 것이다. 그리고 아무도 없는 성벽 위를 오를 것이다.

"토산이 완성되는 것을 조금이라도 늦추기 위해서는 공격을 멈출 수 없다."

그렇다고 토산이 완성되었을 때를 위해 화살을 아낄 수도 없다. 토산이 완성되는 순간 안시성은 바람 앞의 촛불과 같은 신세가 되는 것을 알기에 조금이라도 늦추어야 한다.

"병사를 절반으로 나누워 절반은 성벽에서 화살을 쏘고 나머지는 화살을 만들게 하여라."

부관은 얼굴이 굳어졌다.

"적들이 이상함을 느낄 것입니다."

부관의 말이 맞다. 성벽 위에 병사 절반이 사라지면 이세민은 화살이 떨어졌다는 것을 알 것이다. 하지만 무엇인가 할 것처럼 행동한 다음 병사를 줄인다면 이세민은 고민할 것이다.

물론 결국 이세민은 우리가 화살이 떨어지는 것을 알아차릴 것이다. 그러나 조금이라도 시간을 벌어야 한다.

시간이 갈수록 토산이 쌓이는 속도가 빨라지고 있다. 난공불락難攻不落 같았던 안시성이 흔들리는 것인가? 아니면 반격을 준비하는 것인가?

"토산을 쌓는 병사들에게 날아드는 화살이 줄어든 것 같은데?"

"그렇습니다."

"언제부터이지?"

"어제 성벽 위에 있던 병사 절반이 사라졌습니다."

안시성주가 무슨 생각으로 공격을 줄였을까? 성벽 위를 올려다 보았다. 그곳에는 고구려의 병사들이 기계적으로 흙을 나르는 병사들에게 화살을 날리고 있다.

"안시성 내부의 모습은 어떠하지?"

"크게 달라진 모습은 보이지 않고 있습니다."

안시성은 특이한 구조 때문에 밖에서 안을 볼 수 있다. 안시성 안을 볼 수 있기에 무엇을 하는지 알 수 있다. 하지만 지금 달라진 모습이 보이지 않는다. 분명 안시성주는 무엇인가 꿍꿍이가 있는 것이다.

"안시성주는 무슨 생각을 하고 있는 것일까?"

분명 이유가 있어 절반은 병력을 뒤로 뺀 것이다. 무엇인가를 할 것은 분명했다. 그것이 토산을 쌓는 것을 방해할 것은 확실하다. 하지만 방법을 모르겠다.
"어떻게 하는 것이 좋겠습니까?"
 장손무기의 물음에 답할 수 없었다. 아무리 생각해도 안시성주의 생각을 알 수 없었다. 수많은 병사들을 이용해서 밤낮 없이 토산을 쌓고 있다. 할 수 있는 것은 지금처럼 화살을 쏘며 토산을 쌓는 것을 늦추는 것뿐이다. 아무리 생각해도 안시성주가 토산을 방해할 방법 따위는 없다.
"이도종에게 명해 내일 하루 토산을 쌓는 것을 중단시켜라."
"무슨 말씀이십니까?"
 장손무기가 놀란 눈으로 바라보았다.
"그리고 다음날부터 3일 동안 병사를 두 배로 투입해 토산을 쌓는다."
 그때서야 장손무기는 미소를 지었다.
"안시성주가 무슨 생각을 하는지 알아보기 위함이십니까?"
"그렇다."

안시성주가 무슨 생각을 하는 지 모르는 상태에서 토산을 계속 쌓아가는 것은 불안하다. 내일 토산을 쌓는 것을 중단하고 다음날부터 3일 동안 토산을 더 빠르게 쌓는다면 안시성주가 무슨 꿍꿍이가 있든 드러날 수밖에 없다.

 역시 이세민이다. 성벽 위 절반의 병사를 뒤로 물린 지 이틀만에 토산을 쌓는 것을 중단했다. 그리고 오늘 배는 넘어 보이는 병사들이 다시 토산을 쌓고 있다.
"어찌합니까?"
"화살을 날려 토산을 쌓는 것을 방해하라."
 우리가 비축해 놓은 물자가 떨어져 간다는 사실을 이세민은 눈치챌 것 이다. 하지만 우리가 할 수 있는 것은 화살을 날리는 것밖에 없다.
"화살을 날려 공격한다면 이세민이 우리의 상황을 알지 않겠습니까?"
"그래, 알겠지."
 우리의 상황을 파악하기 위해 일부러 한 허수虛數이다.

그리고 우리는 이세민의 허수에 반응할 수 없다.

"그럼 큰일 아닙니까?"

부관은 걱정스런 얼굴로 토산을 쌓고 있는 당의 병사들을 바라보았다.

"우리가 할 수 있는 것은 없다."

이세민이 우리를 떠보기 위해 허수에 맞추어 움직일 수도 없다. 아니, 할 수 있는 것이 없다. 이제 기습은 불가능하다. 이세민이 기습에 대비를 하고 있는 것도 있다. 하지만 그것보다 밤낮으로 토산을 쌓고 있는 병사들의 눈을 피할 수 없다. 성문을 열고 전면전을 펼친다면 패배는 불보듯 뻔하다. 우리가 할 수 있는 일은 토산이 늦게 쌓이도록 비는 것뿐이다.

"결국 우리의 패배입니까?"

절망이 가득한 얼굴을 한 부관의 어깨를 움켜쥐었다.

"아니다, 절망에 빠지지 말아라. 아직 희망이 있다. 우리가 찾지 못했을 뿐이다."

나의 당부에도 부관의 얼굴에 쌓인 절망은 사라지지 않았다.

"우리가 할 수 있는 것은 하나도 없다. 하지만 적들이 할 수 있는 것은 하나밖에 없다."

토산을 쌓는 것. 이세민이 할 수 있는 단 한 가지 전략이다.

"적들이 할 수 있는 것이 토산을 쌓는 것밖에 없다 해도 토산이 완성되면 안시성은 무너집니다."

토산이 완성되면 안시성은 함락된다. 토산을 쌓는 것이 안시성을 무너트리는 최선의 선택이다. 하지만 전쟁을 승리하는 최선의 선택은 아니다.

"안시성이 함락될지도 모른다. 하지만 고구려는 승리할 것이다."

"무슨 말씀이십니까?"

"토산을 쌓는 것은 최선의 선택이다. 그러나 최악의 선택이기도 하다."

부관이 이해를 못하는지 고개를 흔들었다.

"토산은 안시성을 함락시키는 최선의 선택이다. 하지만 시간이 너무 많이 걸린다. 30만 대군이 하루에 먹어야 하는 군량이 얼마나 될 거라 생각하느냐?"

하루에 수천만 가마니의 쌀이 필요할 것이다.

"엄청난 양의 식량이 필요합니다. 그러나 당의 본국에서 군량을 수송해 올 수 있습니다."

부관의 반문에 나는 고개를 흔들었다.

"유주(幽州당나라 행정구역 현 베이징시와 톈진시 일대)에서 안시성까지 1700리(里 667km)가 넘는다. 그 거리를 30만의 대군이 먹을 식량을 가지고 이곳으로 오기까지 많은 시간과 수많은 보급병이 필요하다. 쉽지 않은 일이다."

"당 황제라면 준비했을 것입니다."

물론 준비를 했을 것이다. 하지만 전쟁은 계획한 대로 준비한 대로 진행되지 않을 때도 많다.

당이 생기기 전 수가 있었다. 그리고 32년 전(서기 612년) 수의 양제가 100만 대군을 이끌고 고구려를 침략했다.

수양제는 100만 대군으로 쉽게 고구려를 정벌할 수 있을거라고 생각했다. 하지만 수양제의 생각은 단 2달만에 사라졌다. 고구려의 국경선을 넘어온 수양제의 100만 대군은 2달 동안 단 하나의 성도 함락시키지 못했다. 2달 동안 단 하나의 성도 함락시키지 못한 것은 그리 큰 문제가 아니었다.

 큰 문제는 100만의 대군이 먹을 군량이 빠르게 동이 나고 있다는 것이었다. 수양제의 작전은 100만 대군의 병력으로 밀어붙여 성들을 가볍게 함락시키고 빠르게 평양으로 가는 것이었다.

 그래서 좌익위대장군 내호아와 주법상이 강회의 수군(水軍 2도행군 12만 병력. 함대 1000여 척)이 군량을 싣고 평양으로 출발하여 본대가 올 때까지 기다리기로 했다. 하지만 계획과 다르게 수양제의 100만 대군은 요동에서 발이 잡혔다.

 군량이 떨어진 수양제는 중원에서 군량을 조달하려 했다. 그러나 100만의 대군이 먹을 식량을 어떻게 가져 올까? 100만의 병력이 먹을 식량을 중원에서 가져 오려면 수만 대의 수레가 필요하다. 그리고 수만 대의 수레를 끌려면 수십만의 병력이 필요하다. 그리고 수십만이 오는 동안 중원에서 가져오는 식량을 소비한다. 결국 100만 대군이 있는 곳에 도착했을 때 식량은 10분의 1도 남지 않았다.

 식량이 떨어진 수양제의 패배는 확실했다. 수양제는 선

택해야 했다. 아무것도 얻지 못하고 돌아가거나 평양으로 돌격하거나.

수양제는 평양 공격을 선택했다.

수양제는 좌익위대장군 우문술과 우익위대장군 우중문을 진격시켰다. 우문술과 우중문이 평양에서 기다릴 내호아를 생각하며 최소한의 군량을 들고 빠르게 평양으로 돌진했다. 하지만 평양에서 둘을 기다린 것은 을지 대대로였다.

먼저 평양성에 도착한 내호아는 수양제를 기다리지 않았다. 평양성에 도착한 내호아는 평양성을 공격했다. 그리고 대패하여 가져온 군량 대부분을 잃었다.

군량이 부족한 우문술과 우중문은 퇴각할 수밖에 없었다. 그리고 살수(薩水, 지금의 청천강으로 추정, 淸川江)에서 대부분의 병력을 잃어 버렸다.

결국 수양제는 패배를 인정하고 요동에서 철수했다. 그리고 수는 멸망하고 당이 세워졌다. 수양제의 100만 대군의 참패는 중원인에게는 충격이었을 것이다.

이세민도 고구려 수 전쟁高句麗隋戰爭의 패배를 반면교

사反面敎師로 삼았을 것이다. 그것은 이세민이 준비한 군대 구성을 보면 알 수 있다.

당은 수보다 안정되었다. 그리고 경제적으로 부유한 나라이다. 그런데 이번 전쟁에 수의 100만의 절반인 50만의 군대를 투입했다. 그리고 50만의 전반인 25만이 보급병이다.

이세민이 고구려 수 전쟁의 패배를 얼마나 곱씹었는지 알 수 있다. 그러나 아무리 준비를 많이 했어도 군량은 부족할 수밖에 없다.

내가 던진 허수虛數에 안시성주는 일반적인 대응을 했다. 안시성주의 대응에 나는 미소 지었다. 안시성주는 토산을 쌓는 것을 막을 방법이 없는 것이다.

더욱 좋은 소식은 오늘 토산을 쌓는 것을 방해하기 위해 날렸던 화살은 조악하기 그지 없었다는 것이다. 비축해 놓은 화살이 슬슬 바닥을 보이고 있다는 반증이다. 성벽 위에 병력을 절반으로 줄인 이유는 화살을 만들기 위함일 것이다.

"황제폐하를 뵙습니다."

토산을 쌓기에도 바쁜 이도종이 나를 왜 찾아왔지?

"무슨 일인가?"

이도종은 만면의 미소를 지으며 나를 바라보았다.

"지금 토산을 안시성벽과 같은 높이로 쌓아 올렸습니다."

이도종이 무슨 생각을 하는지 알 것 같다.

"그래서?"

"지금 안시성 공격을 주청奏請 드립니다."

이도종은 나의 사촌이다. 나의 명에 돌궐을 돌격해 족장 힐라가한을 붙잡았을 정도로 맹장이다. 하지만 지모智謀는 뛰어나지 못한 단점이 있다.

"불가不可하다."

이도종의 얼굴에 의문이 깃들었다.

"왜입니까?"

안시성벽과 같은 높이의 토산은 의미가 없다.

"지금 토산은 움직이지 못하는 공성탑과 같다."

수많은 공성탑을 가지고도 안시성을 함락시키지 못했

다. 지금의 토산으로는 안시성을 함락시키지 못한다.

"공성탑은 안시성보다 낮았습니다. 지금 토산은 안시성벽과 같은 높이입니다. 저에게 병사를 내어주신다면 안시성을 함락시켜 보이겠습니다."

이도정의 보챔이 이해가 가지 않는 것은 아니었다. 안시성과의 전투는 언제나 나에게 불리했다. 깊은 해자. 높은 성벽. 불붙지 않은 목책 등 안시성주의 준비는 완벽에 가까웠다. 그리고 오늘 불리한 것 중 하나가 사라졌다. 이도종은 손발이 근질거려 참을 수 없었을 것이다.

내가 이곳에 없었다면 이미 안시성벽에 돌격했을 것이다. 하지만 안시성벽을 넘지는 못했을 것이다.

"높아진 성벽으로 운제를 사용할 수 없는 지금 성벽을 오를 수 있는 방법은 갈고리를 이용한 밧줄뿐이다."

밧줄을 타고 올라가는 것은 너무 시간이 많이 걸린다. 가지고 올라갈 수 있는 무기도 한정적이다. 막는 방법도 밧줄을 끊는다면 쉽게 막을 수 있다.

"알고 있습니다. 토산에서 화살을 쏜다면 병사들이 성벽을 오르는 시간을 벌 수 있습니다."

"하지만 수많은 희생이 따르겠지?"

나의 핀잔에 이도종은 말이 없었다.

"내가 토산을 안시성벽보다 높이 쌓으라 명한 이유는 하나이다. 내 병사들이 안시성벽 위로 오를 때 공격받지 않기 위함이다. 병사를 더 이상 잃을 수 없다. 알겠느냐?"

"알겠습니다."

병사를 잃는 것은 문제가 되지 않는다. 하지만 병사만 잃고 안시성을 함락시키지 못하는 것이 문제이다. 이전까지 나의 전략은 실패로 끝났다. 이제 필요한 것은 완벽한 승리이다.

비가 내리고 있다. 내리는 비에 토산의 흙이 흘려 내리고 있다. 비에 쌓았던 토산이 조금 무너지며 흘러내린다. 하지만 이세민은 토산을 쌓는 것을 멈추란 명을 내리지 않았다.

"공격할까요?"

부관의 물음에 나는 고개를 저었다.

"마지막을 위해 하나의 화살이라도 아껴두어라."

"하지만."

"성은 공격하기 위해 쌓은 것이 아니다. 성안에 숨어서 적들이 물러나기를 기다리기 위해 쌓은 것이다. 적들은 물러나지 않았고 토산을 쌓고 있다. 우리가 할 수 있는 일은 기다리는 것이다."

지금까지 토산을 쌓는 것을 방해하기 위해 수많은 화살을 쏘았다. 하지만 성과는 없었다. 이제 남은 시간이 얼마 없었다. 지금 화살을 쏘는 것은 아무런 의미가 없다. 마지막 일전을 대비해 화살을 아껴야 한다.

"준선은 어찌 지내는가?"

마지막이란 생각 때문인가? 이제까지 의식적으로 피했던 준선의 안부가 궁금했다.

"처음에는 힘들어 했습니다. 하지만 지금은 병사들과 잘 지내고 있습니다."

힘들 것이다. 성주의 아들과 일반 백성의 생활은 다를 수밖에 없다. 먹는 것, 입는 것, 자는 것이 다르다. 이제까지 준선은 원하는 것은 대부분 얻었을 것이다. 아무리 부당한 명령이라도 모든 이가 따랐을 것이다.

"다행이군."

이제까지 준선이 누리던 것들은 백성이 있기에 가능했다는 사실을 알게 된다면 좋겠다. 그렇게 된다면 내가 없더라도 준선은 좋은 성주가 될 것이다.

"준선 공자를 불러올까요?"

"아니, 되었다."

아직은 아니다. 아직은.

"알겠습니다."

토산을 쌓는 적병들을 더 이상 바라볼 수 없었다. 나는 성벽을 내려왔다. 안시성의 백성들은 보이지 않았다. 집 안에서 비를 피하고 있는 모양이다.

거북아, 거북아, 수로를 내놓아라.
내놓지 않으면 구워서 먹으리…….

빗소리 사이로 어린아이의 노랫소리가 들리다. 노랫소리가 들리는 곳으로 발걸음을 옮겼다. 노랫소리가 들리는 곳으로 다가갈수록 절로 미소가 지어졌다. 도착한 곳에는 어린아이 여럿이 흙으로 장난을 치고 있었다.

한 어린아이가 눈에 들어왔다. 아이는 손을 바닥에 내려놓았다. 그리고 노래를 부르며 흙을 손 위에 가득 올려 흙무덤을 만들었다.

거북아, 거북아, 수로를 내놓아라.
내놓지 않으면 구워서 먹으리…….

노래를 부르던 어린아이는 천천히 흙속에 쌓여 있던 손을 끄집어내었다. 아이의 손이 나왔지만, 흙무덤은 모양을 유지했다.
"와―. 됐다."
아이가 팔짝팔짝 뛰며 좋아한다. 안시성이 무너진다면 아이들은 어떻게 될까?
나는 죽어도 상관없었다. 고구려를 위해 죽는 것은 영광스런 죽음이다. 하지만 아이들이 무슨 잘못을 해서 이런 아픔을 겪는 것일까?
"으―악―. 무너졌다!"
아이의 비명과 함께 흙무덤이 무너졌다. 당연했다. 아이의 손이 자리잡고 있던 곳은 흙무덤의 중심이었다. 중심이 비어 있으니 아무리 단단하게 흙을 다졌어도 무너지는 것은 당연했다.

그래 중심이 비어 있으면 아무리 높고 단단하게 쌓아도 무너지게 되어 있다. 토산을 무너트릴 방법이 생각났다.

토산은 계속해서 쌓이고 있다. 내가 원하는 높이까지 얼마 남지 않았다. 어느 순간부터 안시성주는 일상적인 공격만 할 뿐이다. 적극적인 대응을 하지 않고 있다. 토산이 완성되면 안시성 함락은 당연한 것이기에 나는 장손무기와 바둑을 두며 시간을 보내고 있다.

"황제폐하, 드릴 말씀이 있습니다."

이적이 막사로 들어왔다.

"무엇인가?"

"군량이 얼마 남지 않았습니다."

하긴 군량이 떨어질 때가 되었다.

"아직 군량이 남아 있을 텐데?"

"안시성을 함락시키지 못할 때를 생각하셔야 됩니다."

장손무기는 돌아갈 때 먹을 군량도 생각하고 있는 것이

다. 장손무기의 생각은 기우일 뿐이다. 안시성주는 모든 것을 포기했다. 자존심 때문에 항복을 하지 않고 있는 것이다.

"안시성이 함락되면 군량은 확보할 수 있다."

"안시성에는 수많은 백성이 있습니다. 안시성도 식량이 부족할 것입니다."

보통의 성이라면 맞다. 보통의 성주라면 식량이 부족할 것이다. 하지만 안시성주는 보통의 성주와 다르다.

안시성주는 백성들의 식량까지 준비했을 것이다. 내가 철저히 고구려 정벌을 준비했듯이 안시성주도 나와의 전쟁을 철저히 준비했을 것이다.

"안시성주는 내년 가을까지 식량을 준비했을 것이다. 그렇지 않다면 백성들이 저렇게 평안할 수 없다."

안시성의 특이한 구조 때문에 성안에서 모든 것을 볼수 있다. 안시성의 백성들도 나의 군대를 볼 수 있다. 토산이 높아지는 것을 볼 수 있다. 하지만 동요하는 기색이 없다.

"황제폐하의 말씀대로 안시성주가 그리 뛰어난 자라면 안시성이 함락되지 않았을 때를 상정해야 합니다."

안시성주의 뛰어남은 인정한다. 하지만 그는 준비가 뛰

어난 자일 뿐이다.

"안시성주의 준비성은 인정한다. 하지만 전략은 밝지 않다. 진정 전략에 밝았다면 연개소문이 보낸 15만의 구원병을 안시성에 주둔시켰어야 했다."

연개소문의 구원군이 안시성에 자리 잡았다면 나는 아무것도 하지 못하고 중원으로 돌아갔을 것이다.

"연개소문과 안시성주는 정적政敵입니다. 연개소문의 15만 구원병을 안시성 안으로 받아들였다면 안시성은 연개소문의 손에 떨어졌을 것입니다."

장손무기의 말도 맞다. 하지만 홀로 나를 상대할 수 있다 생각했다면 안시성주는 오만하거나 전략에 밝지 않은 것이다. 내가 볼 때 안시성주는 오만해 보이지 않았다. 내가 상대한 그 누구보다 준비성이 많고 신중했다.

"고연수와 고혜진이 나와 회전(會戰 양측이 특정 시기에 일정 장소에 모여서 벌이는 대규모 전투)을 회피한 이유가 무엇인가?"

"요동을 구원하려 급하게 왔기에 식량을 가져오지 못했기 때문입니다."

"그래, 하지만 안시성주가 식량을 지원해 줬다면 구원군은 시간을 끌 수 있었다."

 안시성과 연결되는 곳에 보루堡壘를 쌓고, 높은 산의 험한 지세에 의지하여 안시성의 식량의 지원을 받으면서 기습만 해도 나는 아무것도 할 수 없었을 것이다.

"안시성주는 그러지 않았다. 쉽게 끝낼 수 있는 전쟁을 끝내지 않았고 위기를 자초했다."

 물론 쉽지 않은 결정이었을 것이다. 그러나 그런 결정을 내린 이유는 나를 이길 수 있다는 생각이 있을 것이다. 그것은 안시성주의 실수다.

 처음 안시성주의 기민한 대처에 당황도 했다. 생각해 보면 주필산 전투 승리 후 나의 자만심에 생각지 못한 기습을 한 것이다. 안시성주를 가벼이 생각한 것이다.

 나의 자만과 실수로 전투에서 기습당하고 손해를 본 것이다. 절대 안시성주가 전략에 밝아 패배한 것이 아니다.

 지금도 토산을 쌓기 시작한 후 안시성주는 아무것도 하지 않고 있다. 할 수 있는 것이 없는 것이다. 장손무기와 바둑을 두면서 토산이 완성되기를 기다리면 승리는 나의 것이 된다.

"이적, 군량이 얼마나 남았느냐?"

"지금과 같이 군량을 소비한다면 중양절 이전에 퇴각해야 본국으로 돌아갈 때 식량 문제를 겪지 않습니다."

중앙절까지 남은 기간은 20여 일 군량을 조절해야 할 필요가 있다.

"배급을 절반으로 줄여라."

나의 갑작스런 명에 장손무기의 당황한 모습이 보였다. 하지만 어쩔 수 없다. 지금부터 배급을 절반으로 줄인다면 중양절이 지나고 열흘 이상 안시성에 주둔할 수 있을 것이다.

"병사들의 반발이 심할 것입니다."

당연히 병사들은 반발할 것이다. 하지만 걱정하지 않는다.

"중양절에 병사들에게 국화주를 하사하겠다."

나의 목표는 중양절을 평양에서 보내는 것이었다. 그래서 준비한 국화주였다. 중양절에 국화주를 마시면 복이 온다는 미신이 있다. 그리고 전쟁을 하는 병사들에게는 중요한 관습慣習이다.

"조삼모사의 계책이 통하실 거라 생각하십니까?"

"통하지 않겠지."

잠깐 동안은 병사들의 불만을 잠재울 수 있을 것이다. 하지만 시간이 지나면 지날수록 병사들은 나를 원망할 것이다.

"국화주가 잠깐 동안 병사들의 불만을 잠재울 수 있을 것입니다. 하지만 배급을 줄인 상태로 계속 군대를 운용한다면 전쟁을 지속할 수 없습니다."

"알고 있다. 안시성을 함락시키고 식량을 확보한다면 문제될 것 없다."

만약을 위한 조치일 뿐이다. 내가 안시성주라면 했을 최상의 전략에 대한 대비를 하는 것이다.

땅굴

安市城

땅굴

 토산을 막을 방법이 생각났다. 가능할까? 그런 의문을 앞에 있는 사내가 풀어줄 것이다. 사내의 이름은 조철이라 했다.
"가능한가?"
"다행히 적들이 해자를 단단하게 메웠습니다. 가능합니다."
 요동에는 철광석이 많이 났다. 광산에서 일을 하는 백성도 많았다. 지금 내 앞에 있는 조철은 광산을 관리하는 자이다.
"급조된 토산이 무너지지 않겠는가?"
"커다란 산을 파고 들어갔어도 한 번도 무너진 적이 없습니다. 지지대를 세우며 땅을 판다면 무너지지 않을 것입니다."

"토산을 무너트릴 수는 있는가?"

사내의 얼굴이 심각해졌다.

"그것은 조금 힘듭니다. 토산을 무너트리기 위해 땅을 판다면 지지대를 허술하게 세워야 합니다. 그렇게 되면 작업을 하다가 무너질 수 있습니다."

땅굴을 파서 토산을 무너트린다. 아이의 흙장난을 보고 생각한 작전이다.

"그런가?"

작전이 성공하지 못할 수도 있다. 토산을 무너트릴 땅굴이 완성되기 전에 무너질 수 있다. 하지만 해야 한다. 토산이 완성되기까지 남은 시간은 15일 정도이다.

"토산이 완성되기 전에 땅굴을 만들 수 있는가?"

"모르겠습니다. 시간이 너무 촉박합니다. 그리고 허술하게 땅굴을 판다면 중간에 무너질 수도 있습니다."

토산이 완성되기 전에 완성하지 못할 수도 있다. 그리고 중간에 무너질 수도 있다. 하지만 토산을 무너트릴 유일한 방법이다.

"그래도 해야 한다."

"알겠습니다, 최선을 다하겠습니다. 그런데 땅굴을 만들기 위해서는 사람이 필요합니다."

"몇 명이 필요한가?"

"백 명이 필요합니다."

생각보다 필요한 인원이 적다.

"백 명으로 가능한가?"

"땅굴을 파는 일은 인원이 많다고 할 수 있는 게 아닙니다. 적절한 인원으로 하는 것이 오히려 좋습니다."

좁은 곳에서 땅을 파려면 많은 인원이 들어갈 수 없을 것 같다.

"부관."

누군가의 목숨을 담보로 한 작전이다. 하지만 해야만 한다. 안시성을 지키기 위해.

"예."

"믿을 수 있는 병사들을 집합시키게."

"알겠습니다."

병사들에게 명해야 한다. 땅을 파라. 언제 무너질지 모르는 땅에 들어가라. 나는 병사들에게 죽음을 요구해야 한다. 땅속에서 죽으라 명해야 한다.

전장에서의 전우와 사랑하는 사람을 지키다 죽는 영광스런 죽음이 아닌, 살아 있는 채 땅속에 파묻히는 외롭고 고통스런 죽음을 요구해야 한다.

"모두 모였습니다."

괴로운 시간이 찾아왔다. 하지만 해야 한다. 선택해야 한다.

"가지."

병사들에게 가는 걸음이 무겁다. 하지만 가야 한다. 가서 병사들에게 죽음을 요구해야 한다.

"성주님을 뵙습니다."

천여 명의 병사들이 모였다. 이들은 안시성에서 나고 자란 병사들이다. 그 병사들 속에 준선이도 보인다. 다행히 걱정과 다르게 좋은 얼굴을 하고 있다.

"제군들, 나는 지금 자네들에게 명할 것이 있다."

병사들은 나를 주시한 채 아무런 움직임도 없었다.

"나에게는 적들을 물리칠 방법이 있다. 하지만 그 방법은 제군들의 죽음을 담보로 한다."

병사들은 아무런 소리도 내지 않았다. 나는 눈을 질끈 감았다.

"그 죽음은 고통스러울 것이다."

보안을 위해 어떠한 죽음인지도 말할 수 없다.

"백 명이다. 단 백 명이 필요하다."

내 목소리가 공허하게 울려 퍼졌다.

"고구려를 위해 그리고 사랑하는 사람을 위해 나설 자 있는가?"

병사들은 숨소리 하나 내지 않았다. 무슨 일에 목숨을 걸어야 하는지 말하지 못했으니, 그 누구도 앞으로 나서지 않을 것이다.

"제가 하겠습니다."

이 목소리는! 나는 들려오는 목소리에 놀라 눈을 떴다.

"준선."

준선이 다가왔다.

"제가 할 수 있게 허락해 주십시오."

아직도 공명심을 버리지 못한 것인가?
"공명심 때문이라면 물러서라."
준선은 미소를 지으며 고개를 저었다.
"공명심 때문이 아닙니다. 성주님의 말씀대로 고구려를 위해, 그리고 사랑하는 사람을 위해 나서는 것입니다."
준선은 변했다. 말투가 변했고 얼굴이 변했고 행동이 변했다. 전에 느끼지 못한 진심이 느껴졌다. 준선은 고구려와 사랑하는 사람을 위해 진심으로 목숨을 바치려 하고 있다.
"저도 하겠습니다."
"저도."
"저도."
그 뒤를 이어 병사들이 하나 둘 자리에서 일어나기 시작했다. 어느 순간 모든 병사가 자리에서 일어났다. 준선은 미소를 지으며 병사들을 바라보았다. 기뻤다. 준선은 병사들이 진정으로 따르는 장수가 되었다. 그리고 마침내 성주의 자격을 얻었다. 하지만 아비로서 준선을 땅속으로 밀어넣고 싶지 않았다.
"허락해 주십시오."

준선은 간절한 눈으로 나를 바라보았다. 나는 떨어지지 않는 입을 겨우 열었다.
"허락한다."
"감사합니다."
진심을 담은 감사 인사에 눈을 감았다.
"선발은 너에게 맡기겠다."
"알겠습니다."
고개를 숙인 준선은 몸을 돌려 병사들에게 다가갔다.
"공자님, 저를 선택해 주십시오."
"저도 공자님과 꼭 함께하고 싶습니다."
준선은 병사들에게 둘러싸였다. 나는 그들을 위해 기도했다. 땅굴이 완성될 때까지 아무 일이 없기를.

한 번 시작된 상념想念은 멈추지 않았다. 그리고 크기를 계속 키워가고 있다.
"안시성주는 무엇을 하고 있지?"
"눈에 띄는 어떠한 움직임도 보이지 않고 있습니다."

움직임이 없어 더욱 불안하다.

"토산이 쌓이는 것을 막지 않는 것인가?"

"통상적인 반응만 있을 뿐입니다."

결국 안시성주의 생각은 하나뿐인가?

"토산은 어찌되었나?"

"안시성벽보다 두배 가까운 높이까지 쌓았습니다. 이제 멈추어도 될 것 같습니다."

내가 보기에도 토산은 충분히 높았다.

"중양절이 3일 후인가?"

"예, 그렇습니다."

"그럼 중양절까지 토산을 쌓게 하고 중양절에 병사들에게 국화주를 하사하라."

나의 명에 장손무기는 이해하지 못하겠다는 표정을 지었다.

"지금 공격하고 중양절을 안시성에서 보내는 방법이 있습니다."

장손무기의 말이 맞다. 하지만 나의 상념이 안시성 공격을 주저하게 만들고 있다. 나는 고개를 흔들었다.

"알고 있다."

"무엇이 황제폐하의 공격을 주저하게 만들고 있습니까?"

어떻게?

"어떻게 알았느냐?"

"황제폐하답지 않으셨습니다. 용안에 표정이……"

자연스럽게 침음沈吟이 흘러나왔다.

"나는 생각했다. 내가 안시성주라면 어떻게 했을까?"

나의 말에 장손무기는 생각에 잠겼다. 한참 후 입을 열었다.

"지금처럼 성안에 틀어박혀 공성이 시작되지 않기를 바라는 것 말고는 아무것도 할 수 없습니다."

"처음에는 나도 그리 생각했다. 하지만 하나가 남아 있다. 안시성은 함락되지만 전쟁에서 이기는 방법이."

놀란 장손무기가 눈을 동그랗게 떴다.

"무엇입니까?"

"안시성에 있는 모든 식량을 불태우는 것."

"음……."

"내가 안시성주라면 성이 함락되려 할 때 성안의 모든 식량을 불태울 것이다."

식량이 모두 타버린다면 안시성을 함락시켜도 나는 승리한 것이 아니다. 지금 가지고 있는 식량으로는 평양으로 진격할 수 없다.

"설마, 식량을 모두 태우겠습니까?"

"나라면 그리할 것이다."

나의 약점을 알고 있는 안시성주라면 분명 그런 행동을 할 것이다.

"안시성주가 식량을 모두 전소全燒시키는 것이 두려워 이대로 있을 수는 없습니다."

장손무기의 말이 맞다. 하지만 식량이 불탈 것을 알면서 공격할 수도 없다.

"알고 있다. 방법을 찾을 때까지 기다리는 것이다."

장손무기도 상념에 빠졌는지 아무런 말도 없다. 안시성주를 막을 방법을 생각해 내야 한다.

안시성주를 막지 않으면 고구려 정벌은 실패로 끝날 것이다.

토산이 충분한 높이까지 쌓였다. 이상한 것은 이세민이 토산을 쌓는 것을 멈추지 않는다는 것이다. 이세민의 생각을 알 수 없다. 혹 이세민이 무엇인가 눈치를 채고 있는 것은 아닌지 불안하다.

"보안은 어떻게 하고 있지?"

"다행히 병사들과 백성들 모두 성주님을 진심으로 따르고 있습니다. 보안은 걱정하지 않으셔도 될 것 같습니다."

병사들과 백성들을 위기로 몰아넣은 무능한 성주를 따라줘서 고맙다. 백성들이 미소를 지어 줄 때마다 생각한다. 내가 성주에서 쫓겨나는 한이 있더라도 연개소문의 구원병을 받아줬어야 했다.

나는 연개소문의 구원군과 이세민이 공멸할 것이라 생각했다. 하지만 나의 예상은 틀렸고 안시성이 위기로 몰렸다.

"들키지 않겠나?"

"성주님도 아시다시피 토산에서 가장 가까운 가옥에서 바닥을 파고 있습니다. 적들은 모를 것입니다."

가옥에서 많은 사람들이 흙 포대包袋를 들고 나른다면 이상하게 생각할 것이다. 이세민이 알아차리기 전에 마무리 지어야 한다.

"지금 땅굴을 무너트릴 수는 없는가?"

"지금은 불가능 합니다. 땅굴은 무너져도 토산은 무너지지 않을 것입니다."

"땅굴은 언제쯤 완성될 것 같은가?"

"장담할 수 없습니다. 하지만 최선을 다하겠습니다."

땅굴이 완성될 때까지 이세민은 아무것도 하지 않을 것인가? 알 수 없다. 하지만 왜? 공격을 하지 않는지 모르겠다.

"속도를 낼 수 있나?"

"안 됩니다. 지금도 언제 무너질지 아슬아슬합니다."

결국 기다리는 것밖에 방법이 없는 것인가? 이세민이 땅굴을 파고 있다는 사실을 알게 된다면 가만히 있지 않을 것이다. 아니 지금도 이상함을 느끼고 있을 것이다.

기우

安市城

기우

 이상하다. 안시성주는 아무것도 하지 않고 있다. 아무것도 할 수 없는 것인가? 아니면 다른 것을 생각하고 있는 것인가? 최악은 안시성주가 식량을 불태우는 결정을 이미 했기에 움직이지 않는 것이다.
"안시성주의 반응은 어떻지?"
"이전과 같습니다. 어떠한 반응도 보이지 않습니다."
 안시성주는 모든 것을 포기한 것일까? 아니다. 안시성주는 절대 포기할 자가 아니다.
"이상한 점은 없는 것인가?"
"음……."

장손무기의 표정이 변했다. 이상한 점이 있다. 확실하다. 안시성주는 무엇인가 하고 있다. 그것이 내가 생각하는 것이 아니기를 바랄 뿐이다.

"무엇이냐?"

"포대를 나르는 병사들이 많아진 것 같다는 보고입니다."

"많아진 것 같다?"

확실하지 않다는 말인가?

"정확히 말하라."

"밤에 경계하는 병사들이 성안에서 포대를 나르는 병사들을 보았다는 보고가 계속되고 있습니다."

안시성에서 밤에 포대를 옮기고 있다. 설마 식량포대를 한곳으로 모으는 것인가? 그래야 한꺼번에 태울 수 있을 것이니 당연한 행동일 수 있다. 안시성주는 결국 결정을 한 것이다.

"음……."

"어떻게 하는 것이 좋겠습니까?"

장손무기도 심각성을 알 것이다.

"안시성주가 식량을 모두 태운다면 안시성에 풀 한 포기

남지 않을 것이다."

 안시성의 살아 있는 모든 것이 죽을 것이다. 그러나 그때는 이미 늦는다. 안시성의 모든 것을 죽여도 나의 패배는 변하지 않을 것이다. 어떻게든 안시성주가 식량을 태우는 것을 막아야 한다. 하지만 방법이 없다.

 오늘 아침은 다른 날과 달랐다. 당의 병사들은 토산으로 올라오지 않았다. 이전과는 다른 모습이었다.

 토산을 쌓는 것은 힘든 일이다. 그래서 당 병사들의 표정은 피곤에 찌들어 있었다. 하지만 오늘은 활기가 넘쳐 보였다.

 공격을 준비하는 것은 아니었다. 공격을 준비한다면 토산 위에 방패와 활 등 공격을 위한 병기를 토산 위로 올려놓아야 한다. 하지만 토산 위에는 아무것도 없다. 토산 위에 있는 것은 토산을 지키는 소수의 병력뿐이다.

 "무슨 생각을 하고 있는 것이지?"

 처음에는 이세민의 생각을 알았다. 연개소문의 구원군을 물리치고 생긴 마음에 틈을 파고 들 수 있었다. 그래서 기습이 성공했다. 하지만 시간이 지날수록 이세민의 생각을 알 수 없다. 불안감이 더욱 커져만 가고 있다.

"노랫소리가 들려옵니다."

부관의 이야기대로 당 병사들의 노랫소리가 들려왔다.

北方有佳人

絕世而獨立

一顧傾人城

再顧傾人國

寧不知傾城與傾國

佳人難再得

북방에 아리따운 이 있으니

절세의 으뜸이라네.

한 번 돌아보면 성을 망하게 하고

다시 돌아보면 나라를 망하게 한다네.

성을 망하게 하고 나라를 망하게 하는 것을 어찌 모르리오마는

아리따운 이는 다시 얻기 어렵다네

당의 진지陣地 구석에서 시작된 노래는 당의 막사 모든 곳에서 울려 퍼졌다. 나는 이해할 수 없었다. 토산의 완성에 이세민에게 승기가 기울었다고 하지만 아직 전쟁이 끝난 것은 아니다.

한눈에 보아도 어제까지 당 병사들의 배급은 줄었다. 성벽 위에서 보았을 때 많은 병사들이 굶주려 있었다. 그런데도 불만을 표출하는 것이 아닌, 노래를 부르는 당 병사들을 이해할 수 없다.

"성주님, 오늘이 현월(玄月 음력 9월)의 중일(重日 월과 일이 같은 날)입니다."

"중양절인가?"

"그렇습니다."

전쟁터에서 명절名節을 쇠는 이세민의 대범함에 할 말을 잃었다.

"내일 이세민의 공격이 시작된다."

나의 확신에 부관은 놀란 얼굴을 했다.

"어찌하여 그리 생각하십니까?"

"이세민이 전쟁터에서 중양절을 쇠는 것은 병사들의 사

기를 올리기 위함이다."

 당 병사들의 사기는 바닥일 것이다. 60일이 넘는 시간 동안 안시성을 공격하지 않았다. 병사들이 한 것이라고는 토산을 쌓는 것뿐이었다.

 거기에다 식량 배급도 줄었다. 아무리 황제라고 해도 배고픈 병사의 사기를 높일 수는 없다.

 "병사들의 사기를 올리는 이유는 단 하나, 전투를 치르기 위함이다."

 부관은 고개를 끄덕였다.

 "조철을 불러오라."

 시간이 없다. 내일까지 땅굴을 완성해야 한다. 아니 완성되지 않았어도 토산이 무너져야 한다.

 "성주를 뵙습니다."

 "땅굴은 어떠한가?"

 나의 다급한 목소리에 조철은 심각한 표정을 지었다.

 "아직 시간이 필요합니다."

 시간이 없다. 내일이면 이세민의 공격이 시작된다.

 "시간이 없다. 당장 토산을 무너트려야 한다."

조철은 고개를 저었다.

"지금 토산을 무너트리면 성벽을 덮칠 것입니다."

성벽을 덮친다면 토산을 무너트리는 의미가 없다. 오히려 당의 병사가 안시성으로 들어올 수 있는 길을 만드는 것과 같다.

"지금 토산 뒤쪽에 땅굴을 파고 있습니다. 이삼일의 시간을 더 주시면 토산의 뒤쪽을 무너트릴 수 있습니다."

"내일 공격이 시작될 것이다."

조철은 아무 말이 없었다. 조철도 아는 것이다. 이세민이 공격이 시작되면 안시성은 함락될 것이다.

"내일까지는 절대 불가능합니다."

조철은 절망한 목소리로 읊조렸다. 이세민의 공격이 시작되면 성벽 위에는 아무도 설 수 없다. 성벽 위에 올라가는 순간 토산 위에서 쏟아지는 창과 화살, 돌을 맞을 것이다. 성벽 위에 아무도 없으니 성벽을 오르는 당의 병사들 또한 막을 수 없다.

병사들의 흥겨운 노랫소리가 들린다. 하지만 나는 흥겹지 않다. 안시성주를 막아야 한다.

"병사들이 즐거운 모양이군."

"예, 황제폐하의 하사품에 감사하고 있습니다."

국화주로 사기를 올리는 것은 오래가지 못한다. 이틀 안에 안시성을 함락시키고 식량을 확보하지 못하면 병사들의 사기는 바닥이 될 것이다.

"무엇을 고민하십니까?"

"병사들의 사기는 오래가지 못한다. 사기가 떨어지기 전에 안시성을 함락시켜야 된다."

그러나 공격할 수 없다. 하지만 해야 한다.

"어찌해야 할까?"

"저희들은 황제폐하의 명을 따를 뿐입니다."

선택은 내가 해야 한다. 하지만 이번 선택에 전쟁의 승패가 걸려 있다.

"내일 토산에 공격 물자를 올린다."

"알겠습니다."

더 이상 공격을 미룰 수 없다. 시간을 지체하면 지체할

수록 나에게 불리하다. 하지만 아무런 안전장치 없이 공격할 수 없다.

"안시성주에게 사자使者를 보낸다."

"안시성주는 항복하지 않을 것입니다."

"나도 원하지 않는다."

나는 안시성주의 항복을 원하지 않는다. 오히려 안시성주가 항복하면 내가 받아줄 수 없다. 60일이 넘는 시간 동안 토산만 쌓았다.

공격도 하지 않고 안시성주의 항복을 받아준다면 병사들은 나를 우습게 볼 것이다. 앞으로 전쟁을 위해 피를 볼 필요가 있기에 항복 따위는 받아줄 생각도 없다.

"그럼 어찌하여 사신을 보내시는 것입니까?"

"경고를 하기 위해서다."

식량을 불태운다면 안시성에 살아 있는 모든 것을 죽인다는 경고.

"사신을 보내 안시성주를 초대할 것이다."

"안시성주는 오지 않을 것입니다."

"아니, 올 것이다."

"어찌 확신하십니까?"

"나라면 절대 거부하지 않을 것이다."

"황제폐하와 안시성주는 다릅니다. 어찌 미력微力한 자를 황제폐하와 같은 선상線上에 놓으시는 것입니까?"

"그대의 말대로 안시성주의 힘은 미력하기 그지없다. 그렇기에 나의 초대를 거부하지 못할 것이다."

알고 싶을 것이다. 내가 초대한 이유. 나의 생각. 그리고 나를 보고 싶을 것이다. 내가 안시성주를 보고 싶듯이.

초대

安城市

초대

 어찌해야 하는 것인가? 항복해야 하나? 아무리 생각해도 답이 떠오르지 않는다. 항복을 한다면 이세민이 받아줄까? 아니, 받아주지 않을 것이다. 이세민은 토산을 쌓는 데 많은 시간을 소비했다.
 만약 내가 항복해서 받아준다면 토산을 쌓는 데 드는 시간을 낭비한 것이 되고 이세민은 무능한 황제가 되는 것이다. 그러니 이세민은 절대 나의 항복을 받아 줄 수 없다. 그렇다고 내일 있을 이세민의 공격을 막을 수 있는 방법도 없다.
 "성주님!"

부관의 목소리가 다급하다.
　"무슨 일인가?"
　"성벽 앞에 황제의 사자使者가 왔습니다."
　이세민이 사자를 보냈다고? 이해할 수 없는 행동이다. 설마 항복을 종용하기 위해 사자를 보낸 것인가? 그럴 리 없다. 앞으로 전쟁을 계속해야 하는 이세민에게 나의 항복은 절대 좋은 일이 아니다.
　"알겠다."
　나 또한 항복할 수 없다. 연개소문 15만 구원군의 지원도 거절했다. 그 결과로 주필산에서 고구려의 15만 병력이 사라졌다. 이세민에게 항복한다면 나는 만고萬古의 역적으로 회자膾炙될 것이다.
　이세민이 사자를 보낸 이유를 생각하며 부관을 따라 성벽에 올랐다. 성벽 밑에는 한 명의 사내가 황제의 깃발을 들고 서 있었다.
　"나는 황제폐하의 신하이며 강하왕(이도종의 봉후封侯명)의 과의(戈議 부관) 부복애다."
　부복애의 목소리가 널리 울려 퍼졌다.

"무슨 일인가?"

"자애로우신 황제폐하께서 국화주를 하사하신다 명하셨다. 안시성주는 지금 성문을 열고 나와 황제폐하를 알현謁見하라."

이세민이 무슨 생각이지? 나에게 국화주를 하사한다고 왜? 모르겠다.

"황제께 찾아간다. 전하라."

"성주?"

부관이 놀란 얼굴을 하며 소리쳤다. 당연한 반응이었다.

"어찌 호랑이 아가리에 목을 들이밀려 하십니까?"

이세민의 생각을 알아야 한다. 이세민이 아무런 이유 없이 나를 부르지 않았을 것이다.

"걱정하지 마라."

"하지만."

"되었다. 지금 준선을 불러 오라."

부관의 반론을 막았다. 지금 중요한 것은 나의 안전이 아니다. 지금 중요한 것은 이세민이 나를 부른 이유다.

"어서."

"예, 알겠습니다."

멀리 이세민의 화려한 막사가 보인다. 이세민은 지금 무슨 생각을 하고 있을까? 내가 자신을 찾아가는 것을 확신하고 있을까? 아니면 나를 한번 떠보는 것일까?

"성주님을 뵙습니다."

준선의 얼굴은 흙투성이가 되어 있었다.

"들었느냐?"

"예, 황제의 사자가 다녀갔다 들었습니다."

"나는 황제에게 갈 것이다."

"아버지! 위험합니다. 황제는 아버지를 그냥 놓아주지 않을 것입니다."

준선은 놀라 소리쳤다.

"그럴 수도 있다. 하지만 가야 한다."

그래서 준선을 불렀다. 만약을 위해 대비를 해야 한다. 내가 죽는다면 준선이 안시성을 이끌어야 한다.

"너무 위험합니다."

"위험해도 가야 한다."

"어째서?"

"황제가 나를 부르는 이유가 있을 것이다. 그 이유를 알아야 한다."

준선은 한참 동안 말을 하지 못했다.

"제가 가겠습니다."

준선의 목소리에서 간절함이 느껴졌다.

"내가 가겠다."

"아버지께 문제가 생긴다면 안시성은 어떻게 합니까?"

"그래서 너를 불렀다. 너를 임시 성주로 임명한다. 만약 내가 죽는다면 준선, 네가 성주가 되어 안시성을 지켜라."

준선의 얼굴이 일그러졌다.

"저는 준비가 되지 않았습니다."

"아니, 너는 준비가 되었다."

"저는 아버지와 같은 성주가 될 수 없습니다."

"그래, 너는 나와 같은 성주가 되지 않을 것이다. 나보다 더 훌륭한 성주가 될 것이다."

"아버지."

나는 준선을 안았다.

"걱정하지 말거라. 잠시 갔다 오는 것 뿐이다."

"예, 알겠습니다."

"안시성을 부탁한다."

"예."

가자. 이세민을 만나러.

안시성에서 한 명의 사내가 천천히 걸어오고 있다. 안시성주다. 수백의 호위병과 같이 나올 거라 생각했다. 하지만 나의 생각이 틀렸다.

"안시성주입니다."

갑옷도 검도 들지 않았다. 당당한 걸음으로 다가오고 있다. 30만이 주둔하고 있는 적의 진지에 혼자 걸어오고 있다. 역시 나를 막아선 사내이다.

"그렇구나."

내가 생각한 것보다 커다란 사내이다. 체구가 아닌 성정性情이, 마음이, 정신이 커다란 사내다.

"생각보다 더 대범한 사내입니다."

장손무기의 감탄에 고개를 끄덕였다.

"대범하지 못하다면 나, 이세민을 이렇게 곤란하게 만들지 못했겠지."

안시성주는 당당하게 내 앞까지 다가왔다.

"황제를 뵙습니다. 대고구려 안시성주 양만춘입니다."

안시성주의 음성에는 예의가 있었다. 하지만 당당했다.

"대당 황제폐하이시다. 당장 무릎을 꿇고 고개를 숙이지 못하겠느냐?"

고연수인가? 살기 위해 목숨을 구걸하고 고구려를 배신했으니 나에게 잘 보이고 싶을 것이다.

"내가 무릎을 꿇고 고개를 숙이는 경우는 천신과 대고구려의 태왕뿐이네."

안시성주의 하대에 고연수의 얼굴이 일그러졌다.

"황제폐하는 천자이시다. 무릎을 꿇고 고개를 숙여 예를 갖추라."

"그대의 하늘은 바뀔지 몰라도 나의 하늘은 바뀌지 않는다네."

"이놈—."

진실만큼 아픈 것은 없다. 고연수는 당장이라도 검을 뽑아 안시성주의 목을 칠 기세氣勢였다. 한심하다. 고연수가 아니라 안시성주가 나에게 항복을 했다면 고구려는 이미 나에게 정벌되었을 것이다.

"그만."

"황제폐하! 어찌 이런 오만 방자한 자를 놓아두십니까. 지금 당장 목을 쳐야 합니다."

고연수, 천둥벌거숭이처럼 날뛰는구나.

"분명 나는 그만하라 명하였다."

"통촉하여 주십시오."

안시성주와 너무 비교된다. 호통을 치니 두려움에 떨며 오체투지五體投地를 하다니 한심하다. 관심 둘 가치도 없는 녀석이다.

"내가 자네를 왜 보자고 했는지 궁금하겠지?"

"그렇습니다."

"나는 태어나서 내가 원한 것은 못 얻은 적이 없었네. 또한 지난 세월 동안 그 누구도 나를 곤혹스럽게 만든 사람 또한 없었어."

나는 황제의 자리를 원했다. 하지만 나는 황제의 여러 아들 중 하나일 뿐이었다. 그래서 아비를 감금하고 형을 죽여 스스로 황제가 되었다.

"나를 곤혹스럽게 만들 자를 고구려에서 만날지는 몰랐다."

지난 100여 일 동안 안시성주를 생각해서 그런지 오래된 친우와 함께 있는 것 같은 느낌이다.

"황제를 곤혹스럽게 만든 유일한 사람이 저란 이야기입니까?"

"그래서 자네를 한 번 보고 싶었네."

안시성주를 만나고 싶었던 이유는 경고를 하기 위해서다. 하지만 이야기도 하고 싶었다. 다음에 만날 때는 아무말도 하지 못하고 죽거나 몸은 없이 머리만 볼 수 있을 것이다.

"국화주는 돌아갈 때 주겠다."

"감사합니다."

"지금은 나와 바둑 한 판 두면서 담소談笑나 나누세."

"알겠습니다."

"장손무기만 남고 모두 막사에서 나가라."

"예."

"장손무기 바둑판을 준비하라."

"예."

"나는 공격하는 것을 좋아한다네. 그래서 흑돌을 잡겠네."

"저는 수비를 좋아합니다."

"그런가?"

"그렇습니다."

"시작하세나."

"예."

탁―.

"왜? 연개소문의 구원군을 돕지 않았지?"

탁―.

"황제와 구원군이 공멸할 거라 생각했습니다."

탁―.

"어부지리漁父之利를 얻을 생각이었군."

탁―.

"예, 하지만 실수였습니다."

탁―.

"황제께서는 어찌하여 고구려를 침공하셨습니까?"

탁—.

"연개소문이 고구려의 왕을 폐廢하고 시해하였다. 또한 감히 나의 허락없이 새로운 왕을 세웠다. 이는 상국上國으로서 묵과할 수 없는 일. 오만한 연개소문을 징치懲治하기 위해 고구려에 들어온 것이다."

탁—.

"고구려의 일은 고구려가 스스로 해결합니다. 그것이 좋은 일이건 나쁜 일이건."

탁—.

"고구려는 스스로 해결하지 못한다. 아니, 하면 안 된다. 고구려는 나에게 무릎 꿇고 고개를 조아려야 한다. 그리고 행하는 모든 것을 나에게 허락받아야 한다."

탁—.

"어째서입니까?"

탁—.

"내가 원하기 때문이다. 황제인 나 이세민이 원하는 일이다. 세상 모든 이가 나에게 엎드려 고개를 숙이고 조아려야 한다."

 탁—.

"불가능한 일입니다."

 탁—.

"수양제의 폭정에 반기를 들었을 때 모든 이가 불가능하다 했다. 하지만 수를 무너트리고 당을 세웠다. 나의 형이 황태자가 되었을 때 나는 황제가 되는 것이 불가능했다. 하지만 결국 황제는 내가 되었다."

 탁—.

"중원의 황제가 되는 것과 세상 모든 이를 무릎 꿇리는 일은 다릅니다."

 탁—.

"다르지 않다. 황제가 되는 것은 쉬웠다고 생각하는가? 황제가 되기 위해 내 손으로 아비를 가두고 형을 죽였다. 방해가 된다고 생각되면 형제건 신하건 자식이건 모두 죽였다. 그것이 쉬웠다 생각하나? 그들의 피로 태평성대를 얻었다. 나 이세민이 태평성대太平聖代를 이루어 내었다."

 탁—.

"태평성대라 생각하십니까?"

탁—.

"농민에게 경작할 농지를 공평하게 나누어 주었으며 조세 제도는 정확하다. 과거科擧를 시행해 인재를 양성했다. 군사제도를 개편해 강군을 만들었다. 상과 벌은 공평하고 법률로 나라를 다스린다. 문무백관文武百官은 물론 백성들마저 나를 성군聖君이라 칭송한다. 이것이 태평성대 아니면 무엇인가?"

탁—.

"중원은 태평성대를 이루었는지 모르겠습니다. 하지만 중원의 태평성대가 고구려에게는 난세로 다가왔습니다."

탁—.

"난세는 잠시일 뿐이다. 내 발밑으로 들어온다면 고구려 또한 태평성대를 누릴 것이다."

탁—.

"황제께서 고구려를 정벌하신다면 고구려의 역사가 사라지고 문화가 사라지며 말이 사라질 것입니다. 그리고 우리는 노예가 되겠지요."

탁―.

"나는 그 어떤 이도 차별하지 않는다."

탁―.

"황제께서는 차별하지 않을 것입니다. 모든 이가 황제의 아래에 있기 때문입니다. 하지만 황제의 발목에 있는 자들은 다릅니다. 그들은 황제의 발밑에 있는 자들을 차별하고 배척하며 계급을 나눌 것입니다."

탁―.

"너와 나는 다른 생각을 가지고 있구나."

탁―.

"그렇습니다."

탁―.

"끝까지 나를 방해할 생각이군."

탁―.

"그렇습니다."

탁―.

"나를 이길 수 있다고 생각하나?"

탁―.

"황제를 뵙기 전까지 이길 수 없다 생각했습니다. 그러나. 지금은 이길 수 있다고 생각합니다."

탁—.

"어떻게?"

탁—.

"황제에게는 남은 바둑알이 얼마 없는 것 같습니다."

탁—.

"맞다. 나에게는 남은 바둑알이 얼마 없지. 하지만 자네에게 바둑알이 아주 많이 있지."

탁—.

"예."

탁—.

"나는 자네의 바둑알을 사용할 것이다."

탁—.

"바둑알을 모두 부순다면 저는 지지만, 이기는 것이 됩니다."

탁—.

"나는 지는 것을 무척 싫어 한다네. 자네가 바둑알을 부쉬 내가 사용할 수 없게 만든다면 나는 바둑판을 산산조각 내어 불태워 버릴 것이네."
 "탁—.
 "알겠는가?"
 안시성주는 말없이 나를 노려 보았다.
 "알겠습니다."
 처음 안시성주를 보았을 때 내 사람으로 만들고 싶었다. 안시성주는 총명하며 침착하고 대범하다.
 "장고長考를 하는군."
 머릿속이 복잡할 것이다. 복잡한 머리로는 바둑을 둘 수 없다.
 "내가 이긴 것 같군. 이만 가 보게."
 탁—.
 안시성주가 아무렇게나 바둑판에 돌을 올려 놓았다. 안시성주는 모든 것을 포기한 것이다.
 "알겠습니다."
 "안시성에 돌아갈 때 국화주를 가져가는 것을 잊지 말게. 마지막으로 아들과 술 한잔은 해야 할 것 아닌가?"

안시성주를 만나고 확신이 들었다. 안시성주는 나에게 오지 않을 것이다.

"감사합니다."

아까운 인재이지만 내가 가질 수 없다. 그렇다면 죽여야 한다. 안시성이 함락될 때 안시성주는 죽을 것이다.

이세민은 무서운 사람이다. 그 누구도 생각하지 못한 생각을 하는 사람이다. 그리고 자신의 생각을 관철시키기 위해 무슨 짓이든 할 것이다. 그것이 어떠한 대가를 치른다 해도 자신이 정한 일을 할 것이다. 정말 무서운 것은 이제까지 그렇게 살아 왔다는 것이다.

"황제폐하께서 하사하신 국화주다. 받아라."

이세민이 나를 보자고 한 이유는 국화주를 하사하기 위함이 아니다. 나에게 경고를 하기 위함이었다.

"흥, 황제폐하께서는 왜? 이런 비루한 자를 만나신 것인지 알 수 없군."

이세민은 자신의 승리를 위해서라면 무엇이든 할 수 있

는 인간이다. 그래서 나 또한 자신과 같은 생각을 할 거라 생각한다.

안시성이 함락되지만 전쟁에서 이기는 최고의 방법. 고구려를 살리는 최고의 방법을 방금 이세민이 나에게 알려 줬다.

"어차피 내일이면 함락될 성의 성주일 뿐인데 말이야."

이세민의 약점이 식량이라는 것은 예전부터 알고 있었다. 그래서 성안에서 버틴 것이었다. 하지만 안시성에 비축해둔 식량을 태우는 생각은 한 적이 없다.

비축된 식량은 안시성 백성만을 위한 것이 아니다. 요동에 있는 모든 백성을 위한 식량이다. 그렇기에 식량을 태운다는 생각조차 하지 못했다.

하지만 이세민은 내가 식량을 태울지 몰라 불안했을 것이다. 이세민은 경고하기 위해 나를 부른 것이다. 이세민이 바둑을 두자고 했을 때 알았다. 처음부터 이세민의 바둑돌은 부족했다. 나와 이세민은 원하는 이야기가 있었다. 나는 이세민이 원하는 이야기를 해주었다. 이세민은 내가 원하는 이야기를 해주었다. 그렇게 서로 원하는 이야기를 들었다.

 안시성주는 나의 경고를 알아들었을 것이다. 안시성주는 영웅이다. 그는 성을 구원할 수 있다. 나라를 구원할 수 있다. 하지만 그는 난세를 끝낼 수 없다. 안시성주는 마음이 너무 여리다. 작은 희생을 두려워한다면 난세는 끝나지 않는다.
"음."
장손무기는 바둑판을 왜 아직도 바라보고 있는 것이지?
"무엇이 잘못되었나?"
"안시성주를 죽여야 합니다."
갑자기 무슨 소리지?
"무슨 말인가?"
"지금 당장 병사를 불러 안시성주를 죽이십시오."
 장손무기가 무슨 소리를 하는지 알 수가 없다. 갑자기 안시성주를 죽이라니 이해할 수 없다. 안시성주는 나의 적수가 될 수 없다.

식량을 태운다는 전략도 나의 기우杞憂에 불과하다. 안시성주는 절대 식량을 태우지 못한다. 백성의 목숨을 담보로 전략을 세우기에는 마음이 너무 여리다. 아마 안시성주는 식량을 태운다는 생각조차 해본 적도 없을 것이다.

"정확하게 말하라. 나는 지금 너의 말을 이해하지 못한다."

"바둑판을 보십시오."

바둑판은 안시성주와 대국大局이 끝난 모양 그대로일 뿐이다.

"이 돌은 안시성주가 마지막에 둔 것입니다."

나도 알고 있다. 안시성주가 아무렇게 둔 마지막 돌이다. 무엇이 잘못된 것인가?

"처음부터 끝까지 황제폐하께서 승기를 잡고 계셨습니다. 하지만 안시성주가 둔 마지막 한 수로 판이 변했습니다."

무슨 말이지?

"이 마지막 수로 승기는 안시성주에게 갑니다. 그리고 저는 안시성주를 이길 방법을 찾지 못했습니다."

장손무기는 나보다 뛰어난 국수國手이다. 그런 장손무기가 안시성주를 이길 수 있는 방법을 찾지 못한다고?

"저 또한 바둑을 좋아하기에 대국을 처음부터 주의 깊게 보았습니다. 그리고 처음부터 마지막까지 황제폐하는 승기를 놓치지 않았고 저 또한 황제폐하를 이길 방법을 찾지 못했습니다. 하지만 안시성주가 놓은 마지막 한 수로 승기를 뒤집었습니다."

 어떻게 그럴 수 있는 것이지?

"안시성주의 마지막 한 수는 복기復棋를 하지 않았으면 알 수 없었습니다. 그는 은밀하며 신중한 자입니다. 분명 안시성주에게는 숨겨진 마지막 한 수가 있는 것입니다. 그를 지금 당장 죽여야 합니다."

 장손무기의 기우이다. 바둑으로 그가 숨겨진 마지막 한 수가 있다고 단정 지을 수 없다.

"황제폐하의 말씀대로 안시성주는 난세를 평정할 그릇은 되지 못합니다. 하지만 천하를 발 아래 둘 황제폐하의 발목은 잡을 수 있는 자입니다."

"여봐라, 게 누구 없느냐?"

선택

安市城

선택

 어찌하면 좋을까? 이세민이 원하는 대로 적당히 싸우다 패배를 하는 것이 맞는 것일까? 아니면 끝까지 싸워야 하는 것인가?

 어떤 선택을 하든 승리하지 않는 한 나는 죽을 것이다. 그렇다고 고구려를 위해 식량을 모두 태울 수도 없다. 식량을 모두 태우면 이세민은 안시성을 파괴하고 모든 이를 죽일 것이다. 나는 그것을 볼 수 없다.

 두두두두두두두두—.

 땅이 울린다. 이 느낌은? 수십의 기병이 살기를 뿜으며 나에게 달려오고 있다.

"저기 있다, 쫓아라."

이세민이 나를 죽이려 하는구나. 왜?

"멈추라, 황제폐하의 명이다."

멈추면 죽는다. 이대로 안시성으로 가야 한다.

"놈이 도망친다, 잡아라."

나의 마지막 한 수를 파악했구나. 이세민에게 이야기하고 싶었다. 당신도 언제나 승리하는 것이 아님을. 사람은 누구나 숨겨진 한 수가 있다는 것을.

"놈이 성으로 못들어가게 막아."

승리에 대한 확신이 있는 지금 이세민은 알아차리지 못할 것라 생각했다. 아니 언제가 되었든 인생을 돌아볼 때가 있을 것이다. 그때 이세민 자신도 알 수 없었던 패배가 있었다는 사실을 알기를 바랐다.

"놈을 죽여라."

몸을 돌렸을 때 보인 것은 창을 든 수십의 기병이었다.

"죽어!"

어렵사리 목으로 들어오는 창을 피했다. 그리고 나를 스쳐 지나가는 기병이 잡고 있는 고삐를 잡아챘다.

"뭐야?"

고구려는 기마민족으로 이루어졌다. 고구려인들은 어릴 때부터 말을 타고 놀며 자연스럽게 기마술을 익힌다. 고구려 최강의 무사가 개마무사(철갑기병)인 것만 보아도 알 수 있다. 그리고 나 또한 개마무사 출신이다. 달리는 말 위에 올라타는 것은 어렵지 않은 일이다.

"으―악―."

말 위에 올라 창을 뺏고 기병을 떨어 뜨렸다.

"말을 뺏겼다. 도망간다. 막아."

다른 기병들의 다급한 음성이 들렸다. 나는 그들을 무시하며 말에 박차를 가했다.

이히히히힝.

말의 특유의 울음을 내며 안시성쪽으로 쏘아져 나갔다.

"화살을 쏴라. 절대 성으로 들어가게 해서는 안 된다."

말 위에서 화살을 쏘는 것은 쉽지 않은 일이다. 맞추는 일은 더 힘든 일이다.

"윽!"

화살 하나가 오른팔에 틀어박혔다.

"놈이 맞았다."

고삐를 잡은 오른손에 힘이 점점 빠진다. 고삐를 강하게 틀어쥐지 못하겠다.

기병들이 빠르게 다가온다. 이제는 더 이상 도망칠 수 없다.

"죽어라."

챙―.

적에게 빼앗은 창으로 공격을 막았다. 하지만 공격은 한 번으로 끝나지 않앗다.

챙, 챙, 챙, 챙―.

성주가 되기 전 나는 개마무사였고 고구려 최고의 무장 중 하나였다.

"우―후―. 우―후―. 우―후―."

몇 번의 공방에 지치는 것을 보니 세월은 어쩔 수 없나 보다. 예전 같으면 저들을 모두 물리치고 유유히 빠져나 갔을 것이다. 하지만 지금 바닥에 쓰러져 있는 기병은 스물 정도밖에 되지 않는다.

"놈이 지쳤다. 쉴 시간을 주지 마라."

멀리서 당의 보병들이 오는 것이 보인다. 이제 한계인가?
"성주님을 보호하라."
이 외침은? 안시성에서 구원병이 왔다.
"으악―."
나를 구하기 위해 온 병사들은 적들에게 화살을 날렸다. 내 앞에 있던 수십의 기병이 쓰러졌다. 지금이다. 이때 빨리 안시성으로 돌아가야 한다.

안시성주와의 대국을 다시 복기했다. 안시성주가 얼마나 준비성이 뛰어난 인물인지 다시 한 번 알게 되었다. 나와의 대국은 처음부터 마지막 한수를 위한 것이었다. 그리고 마지막 한 수로 전세戰勢에서 역전했다. 전쟁에서도 안시성주는 마지막 한 수를 준비했을 것이다.
"황제폐하를 뵙습니다."
"어찌되었나?"
"그것이… 간발의 차로 놓쳤습니다."
큰일이다. 안시성주의 경계심만 높여줬다. 내가 안시성

주가 준비한 마지막 한 수를 경계하고 있다는 사실만 알려줬다.

"빌어먹을."

"황제폐하, 진정하십시오."

바둑판을 엎어 버렸다. 백암성이 항복을 번복했을 때도 이 정도로 화가 나진 않았다.

"지금 중요한 것은 안시성주를 놓친 것이 아닙니다."

알고 있다. 지금 중요한 것은 안시성주를 놓친 것이 아니다. 안시성주의 마지막 한 수가 중요하다.

"주변을 정리하라."

안시성주가 무엇을 준비했을까? 모르겠다. 아무리 생각해도 식량을 태우는 것 이외에는 할 수 있는 것이 없다. 하지만 안시성주는 식량을 태우지 못한다. 안시성주는 백성의 목숨을 담보로 식량을 태울 수 있는 인간이 못된다.

"안시성주가 할 수 있는 것은 무엇일까?"

"모르겠습니다."

무엇일까? 아무리 생각해도 무엇을 준비하는지 모르겠다. 양만춘 무엇을 준비하고 있는 것이냐?

"황제폐하, 황공惶恐하오나 미천한 신이 진언進言을 드려도 되겠습니까?"

누구지? 알고 있는 자다. 이도종의 과의 부복애. 이도종이 지략이 뛰어나다 칭찬한 자이다.

"말해 보거라."

"소인小人은 우둔愚鈍하여 황제폐하께서 무엇을 걱정하는지 모르겠습니다. 그러나 황제께서는 토산을 가지고 계십니다. 토산이 있는 한 안시성주가 할 수 있는 것은 없다 생각합니다."

부복애 말이 맞다. 중요한 것은 토산이다. 내가 과민 반응하는 것일 수 있다. 아니 대국 한 번으로 안시성주를 너무 크게 본 것이다.

현재의 상황은 나에게 유리하다. 토산이 완성되었다. 토산 위에서 하는 공격을 안시성주는 막을 수 없다. 지금 중요한 것은 안시성주가 아닌 토산이다.

"그래, 너의 말이 맞다."

"감사합니다."

아니, 분명 안시성주는 전세를 바꿀 마지막 한 수를 준비했을 것이다. 그리고 그것은.

"안시성주가 생각하는 마지막 한 수 그것은 토산일 수밖에 없다."

토산이 아니면 안시성주가 그 어떠한 수를 쓴다 해도 아무런 의미도 없다.

"부복애."

"신 부복애."

"명한다. 너는 지금부터 토산을 지킨다. 그 어떠한 일이 있어도 토산을 떠나면 안 된다. 알겠느냐?"

"예, 알겠습니다."

안시성주가 할 수 있는 마지막 수는 성문을 열고 나와 토산을 점령하는 것뿐이다.

"토산을 지켜라. 토산을 지켜낸다면 너에게 큰 상을 내릴 것이다."

"신명身命을 바쳐 지키겠습니다."

토산은 높다. 그리고 좁다. 높이 쌓는 것만을 위해 쌓은 토산이다. 그래서 토산에 올라갈 수 있는 인원은 천여 명밖에 되지 않는다. 토산을 올라가는 것도 쉽지 않다. 토산 위에 병사가 주둔해 있다면 토산을 차지하기 위해서는 10만의 병사가 달려 들어도 불가능하다. 안시성주의 마지막 한 수는 자충수自充手가 될 것이다.

 겨우 안시성으로 돌아올 수 있었다. 안전해지고 나서야 내 몸의 상처가 오른팔에 맞은 화살 하나가 아니라는 것을 알았다. 몸 이곳저곳에 자잘한 상처투성이었다.
 다행히 화살은 팔을 관통했다. 화살을 부러트려 뽑아낸다면 쉽게 상처를 치유할 수 있다.
"괜찮으십니까?"
 준선의 음성에는 걱정스런 마음이 가득했다. 그리고 준선의 주변에는 많은 병사들과 백성들이 걱정스런 얼굴로 나를 바라보고 있다.
"괜찮다. 그리고 고맙다."
"무사히 돌아오셔서 다행입니다."
 준선과 나는 서로를 바라보며 미소를 지었다. 고개를 돌려 병사들과 백성들을 바라보았다.

"고맙다."

못난 나를 걱정해줘서 고마웠다. 따라줘서 감사하다.

"아버지, 어서 들어가시지요. 상처를 치료해야 합니다."

준선의 다그침에 고개를 저었다. 지금 해야 하는 일은 치료를 하는 것이 아니다.

"준선, 백성과 병사들을 물러가게 하고 조철과 장수를 중궁中宮으로 집합시켜라."

지금 해야 할 일은 내일을 대비하는 것이다.

"아버지."

준선은 간절한 눈으로 나를 바라보았다. 하지만 나는 물러설 수 없다. 이제 마지막이다. 이세민과 나의 마지막 공방 하나만 남았다. 조금도 지체할 수 없다.

"어서."

나의 호통에 준선은 힘겹게 고개를 끄덕였다. 그런 준선의 모습에 나는 미소를 지었다. 나의 미소를 뒤로한 채 준선은 조철과 장수들을 부르기 위해 달려갔다.

나는 자리에 앉아 상처를 치료하며 그들을 기다렸다. 어느 정도 상처를 치료했을 때쯤 조철과 장수들이 나타났다.

"성주를 뵙습니다."

"무사하셔서 다행입니다."

준선을 따라 들어온 조철과 장수들의 인사를 받으며 자리에 앉았다.

"이세민이 원하는 것은 항복입니까?"

"아니다."

"그럼 무엇 때문에 아버지를 부른 것입니까?"

"이세민은 안시성에 비축하고 있는 식량을 태울지도 모른다는 생각을 하고 있었다."

준선은 얼굴은 심각해졌다.

"이해가 가지 않습니다. 항복은 바라지 않으면서 식량 태울 것을 걱정하다니?"

"이세민의 명령으로 60일이 넘는 시간 동안 토산을 쌓았다. 그런데 우리가 항복을 한다면 어떻게 되겠느냐?"

"황제의 잘못된 판단으로 60일이라는 시간을 버린 것이 됩니다."

"그래, 우리가 항복하면 이세민이 입는 정치적 손실은 매우 클 것이다. 그렇기에 이세민은 우리의 항복을 받아

줄 수 없다. 또한 우리가 식량을 태운다면 성을 함락하고도 전쟁을 지속할 수도 없다."

"이해할 수 없습니다. 황제의 행동은 스스로 자신의 약점을 알려준 것과 다름이 없습니다."

"그렇다, 나는 생각지도 못한 방법이었다. 안시성에 비축된 식량은 일견 안시성의 백성을 위한 식량이 아니다. 요동 전체를 위해 비축된 식량이다. 태울 수 없다. 하지만 황제는 그 사실을 몰랐고 비축된 식량을 태운다면 안시성에 살아 있는 모든 것을 죽이겠다고 협박했다."

준선은 이해가 되지 않는다는 얼굴을 하며 입을 열었다.

"황제가 진정 원하는 것은 무엇입니까?"

"황제가 진정 원하는 것은 우리가 적당히 싸우다 패배하는 것이다."

"저는 황제를 이해하지 못하겠습니다. 우리가 적당히 싸우다 패배하는 것을 원하면서 왜 아버지를 잡지도 죽이지도 않고 보내준 것입니까?"

"초대한 사람을 죽인다면 이세민의 평판이 바닥에 떨어질 것이다."

"나중에 군사를 보내어 죽이려 한 것은 무슨 이유입니까?"
"평판이 떨어지는 것보다 내가 사용할 마지막 한 수가 더 두려웠을 것이다."

준선은 나의 말을 이해하지 못한 표정이다. 하지만 나는 더 이상 설명하지 않았다. 중요한 것은 그것이 아니다.

"지금 너희들을 부른 이유는 선택해야 할 때가 왔기 때문이다."

"무엇을 선택해야 합니까?"

"이세민이 원하는 대로 적당히 전투를 벌이다 패하느냐? 아니면 끝까지 싸우느냐? 둘 중 하나를 선택해야 한다."

"선택할 필요도 없습니다. 끝까지 싸워야 합니다."

준선은 흥분해 있다. 준선은 선택할 권리는 없다. 목숨을 걸어야 하는 것은 백성과 병사들이다.

"준선, 흥분하지 마라. 차분히 생각해라. 백성과 병사들의 생명이 달린 일이다."

준선은 잠잠해졌다.

"죄송합니다, 제가 흥분했습니다."

준선의 인정에 고개를 끄덕인 후 장수들을 둘러보았다.

"이세민이 원하는 대로 한다면 나 혼자만의 목숨으로 끝날 것이다. 하지만 끝까지 싸운다면 승리한다고 해도 많은 이가 죽을 것이다."

"끝까지 싸운다면 승리할 방법은 있습니까?"

"방법은 있다."

"무엇입니까?"

"토산을 무너트리는 것이다."

나의 말에 놀라 그 누구도 말을 하지 못하였다. 그때 조철의 다급한 음성이 들렸다.

"저번에도 말씀드렸습니다. 지금 토산을 무너트리면 흙이 성벽을 덮칠 것입니다."

기억하고 있다. 하지만 우리에게는 시간이 없다. 나의 치기 어린 행동 때문에 이세민은 내가 무엇인가 준비하고 있다는 것을 알았다. 이세민은 더 이상 기다리지 않을 것이다. 내일이면 공격이 시작된다.

"알고 있다."

"그런데 어찌하여 토산을 무너트리려 하십니까?"

"시간이 없다. 내일이면 이세민은 공격을 시작할 것이다. 그리고 공격이 시작되면 안시성은 함락된다."

나의 확신에 아무도 입을 열지 못했다.
"토산이 무너지면 우리에게 불리합니다. 그런데도 토산을 무너트리는 이유가 있습니까?"
준선의 물음에 나는 미소를 지었다. 내가 원하는 질문이었다.
"토산을 무너트리지 않고 이기는 방법은 우리가 토산을 차지하는 방법뿐이다."
하지만 불가능에 가깝다.
"토산을 차지하기 위해서는 성문을 열고 성밖으로 나가 정면대결을 해야 합니다. 고작 1만으로 30만의 병사와 맞서는 것은 무모한 병법입니다."
"그래, 그래서 토산을 무너트리는 것이다. 무너트린 토산의 흙이 성벽을 덮치고 길을 만들 것이다."
"위험한 작전입니다."
"그래, 하지만 불가능한 작전은 아니다."
그리고 승리할 수 있는 유일한 방법이다.
"어찌할 것이냐? 이세민이 원하는 대로 할 것이냐? 아니면 끝까지 싸울 것이냐? 나는 너희들의 선택을 따를 것이다."

준선도 조철도 그리고 장수들도 말이 없었다. 생각할 시간이 필요할 것이다.

"항복할 생각이 있었으면 처음부터 항복했을 것입니다."

"저희는 성주님을 따를 뿐입니다."

결전

安城市

결전

 불안감이 사라지지 않는다. 안시성주가 토산을 노릴 것은 자명自明하다. 하지만 아무리 생각해 보아도 토산을 공격할 방법이 생각나지 않는다.
 "모든 공격 물자를 토산 위로 올려 놓았습니다. 내일 아침, 공격을 시작할 것입니다."
 내일 공격하는 것이 맞을까? 모든 공격 물자를 올려놓은 지금 공격을 해야 하나?
 "성문을 열고 전면전을 벌일까?"
 "안시성주를 말씀하시는 것입니까?"
 "그래."

"황제폐하도 아시지 않습니까? 안시성주가 성밖으로 나온다면 쉽게 승리할 수 있습니다."

안 되겠다. 지금 안시성을 공격해야겠다.

"지금 안시성을 공격할 수 있느냐?"

갑작스런 나의 요구에 장손무기는 당황한 듯 보였다. 그러나 이내 표정을 감추었다.

"해가 지고 병사들이 지쳐 있긴 하지만 가능합니다."

"지금 안시성을 공격한다."

"알겠습니다, 병사들을 준비시키겠습니다."

번쩍—.

장손무기의 말이 끝나기 무섭게 어두웠던 막사 밖이 순간 밝아졌다.

으르릉 쾅쾅—.

빛이 사라지고 엄청난 굉음이 들렸다. 그리고 비가 내리기 시작했다.

쏴—아—.

하늘이 안시성주를 돕는 것인가? 아니면 나를 버린 것인가? 갑작스럽게 천둥을 동반한 폭우가 쏟아지고 있다.

"황제폐하!"

이런 폭우 속에서는 전투를 할 수 없다. 성벽은 물론 토산 위로 쉽게 오를 수 없을 것이다.

"병사들에게 내일 전투를 대비하게 하라."

"알겠습니다."

불안함이 가중되고 있다.

"부복애에게 절대 토산의 경계를 소홀히 하지 말라고 다시 한 번 주지시켜라."

"토산의 중요함을 누구보다 아는 부복애입니다. 절대 토산의 경계를 소홀히 하지 않을 것입니다."

장손무기의 말대로 토산의 중요성을 처음 파악한 부복애다. 하지만 너무 불안하다. 무슨 일이 터질 것 같은 기분이다.

끝까지 싸울 것을 다짐하고 전투를 준비했다. 그때 병사의 다급한 목소리를 듣고 성벽 위로 올라갔다.

성벽 위에서 본 것은 수많은 전투물자가 토산 위로 올라가는 것이었다. 그리고 토산 뒤에서 전투를 준비하는 병사들이었다. 당장이라도 전투가 벌어질 것 같았다. 이세민이라면 언제 공격해도 이상하지 않았다. 하지만 갑작스럽게 폭우가 쏟아졌고 당의 병사들은 급하게 비를 피하기 위해 움직였다.

이세민에게 감탄을 금하지 못하겠다. 이세민은 정확하게 알고 있다. 이번 전투에서 가장 중요한 것은 토산이라는 것을.

"토산 뒤에 너무 많은 병력이 집결해 있습니다."

지금 상황에서 토산을 무너트린다면 이세민을 도와주는 것이 된다. 무너진 토산을 타고 수많은 병사들이 안시성으로 들어올 것이다.

"어떡하면 좋겠습니까?"

어찌하면 좋을까? 방금 토산 위에 있는 자가 나를 보았다. 누구지?

"저기, 저 자가 누구인지 아느냐?"

나를 바라본 자를 가리켰다. 준선도 사내를 보았다.

"정확하게 누구인지 모르겠습니다. 하지만 토산 위의 병사들을 지휘하는 자입니다."

 토산 위의 병사들을 지휘하는 자라. 어쩌면 우리가 토산을 차지할 수 있는 시간을 벌 수 있을 것 같다.

"헉!"

 꿈인가? 왜? 꿈에서 죽은 위징魏徵이 나온 것이지? 위징, 그는 나의 형인 이건성李建成 측근이었다. 나와 형이 서로 황제가 되기 위해 대립하고 있을 때 위징은 형에게 나를 독살하라 진언했다. 하지만 형은 위징의 말을 듣지 않았고 나는 형을 참살하고 황제의 자리에 올랐다.

 위징만이 내가 정변을 일으킬 것을 알았다. 형이 죽고 나에게 사로잡힌 위징은 나에게 당당히 말했다. 나를 독살하자고 형에게 진언했다고. 나는 그런 위징의 당당함이 마음에 들었다. 그래서 위징을 살려주고 간의대부(諫議大夫 황제에게 직언할 수 있는 자)로 삼았다.

 위징은 죽기 직전까지 나에게 간언을 했다. 나는 위징의 충심에 그의 장남인 숙옥에게 나의 딸을 시집보내기로 약속했다.

하지만 위징이 죽고 나는 약속을 지키지 않았다. 그가 나에게 간언했던 모든 내용을 저수량에게 보여주었다는 사실을 알았기 때문이었다. 나는 더 이상 위징을 믿지 않는다. 위징은 명성을 얻기 위해 간언을 한 간신이었을 뿐이다.

그런 위징이 나의 꿈에 나왔다. 왜지? 내가 약속을 지키지 않아서인가? 아니면 죽어서까지 나에게 간언하기 위해서인가?

모든 준비는 끝났다. 이제 실행만이 남았을 뿐이다. 하늘의 도움인가? 끝없이 쏟아지던 빗방울이 조금씩 줄어들고 있다.

"모든 준비가 끝났습니다."

"가자."

"예."

성문 앞에 도착했을 때 화려한 마차가 나를 기다리고 있다. 마차 뒤에는 비단과 금으로 장식된 보석이 가득 차 있다.

"이런 어설픈 방법이 통하겠습니까?"

"통할 것이다."

"어찌 확신히십니까?"

"토산 위의 지휘관은 나의 얼굴을 알고 있다."

"아버지의 얼굴을 알고 있다는 것이 지휘관이 성을 빠져나가는 마차를 따라온다는 말이 되는 것은 아닙니다."

"화려한 마차가 값비싼 물건을 싣고 어둠을 틈타 성을 빠져나간다면 무슨 생각을 하겠느냐?"

"단순하게 생각한다면 황제를 두려워해 아버지가 도망치고 있다고 생각할 것입니다. 하지만 제가 토산의 경계를 맡고 있다면 한번 의심할 것입니다."

"그래, 의심할 것이다. 내가 마차에 타고 있지 않다는 생각도 할 것이다. 그래서 더 직접 확인하고 싶을 것이다."

어제 병사만 보내 나를 놓쳤기에 더욱 직접 확인하고 싶을 것이다.

"지휘관의 지휘 하에 마차를 쫓는다면 쉽게 잡힐 것입

니다."

"잡혀도 상관없다. 우리가 필요한 것은 토산이 무너지는 혼란한 틈을 이용하는 것이다. 그 순간에 병사들을 지휘할 자가 없다면 토산을 장악할 수 있다."

모든 건 순간이다. 토산이 무너진 직후, 잠깐의 순간이다. 누가 먼저 토산에 오르느냐가 이 전쟁의 승패를 갈라놓을 것이다.

잠이 오지 않는다. 위징의 꿈을 꾸었기 때문일까? 아니면 불안감 때문일까? 아무리 생각해도 모르겠다. 불안감이 떨쳐지지 않는다.

"음……."

주변이 무서우리만치 조용했다. 언제인지 모르게 비는 멈춰 있었다. 막사 주변에 아무도 없는 것 같은 생각이 들 정도다. 너무 조용한 새벽 끝에 햇빛이 막사 벽 사이로 비치었다.

그구구구크크크쿵—.

빛과 함께 적막을 깨트리는 거대한 소리가 들려왔다. 이거다. 이것이 안시성주가 준비한 마지막 한 수다. 막사 밖으로 나가야 한다.

"으—악—."

"사람 살려—."

"살려줘."

"피해—."

토산이 무너지고 있다. 토산이 무너지며 나의 병사들을 삼키고 있다.

"양만춘!"

빌어먹을. 이대로 끝이란 말인가? 내가 전쟁에서 패한다고 고작 고구려의 성주 따위한테! 말도 안 되는 일이다. 있을 수 없는 일이다.

"황제폐하, 토산이 안시성 쪽으로 무너졌습니다."

토산이 안시성 쪽으로 무너졌다면 아직 끝난 것이 아니다. 아직이다. 이길 수 있다. 나는 아직 패배하지 않았다.

"토산에 올라라. 토산에 먼저 오른다면 이길 수 있다. 빨리 토산에 오르란 말이다."

나의 병사들이 왜? 멍하니 서 있는 것이지? 지금 토산에 올라 안시성으로 진격하면 승리할 수 있단 말이다. 지금 멍청하게 서 있으면 안 된다.
"공격하라, 빨리 공격하란 말이다."
왜? 움직이지 않는 것이냐? 왜?

토산이 무너졌다. 적의 비명과 함께 토산이 무너졌다. 지금 이 순간이 이번 전쟁의 승패를 결정하는 순간이다.
"토산을 점령하라."
"와!"
"적들보다 먼저 토산을 점령해야 한다. 돌격하라."
토산에 오르는 것은 힘들었다. 밤새 내린 비로 토산은 바닷가의 펄과 같은 형상을 하고 있었다. 하지만 나와 병사들은 멈추지 않았다. 그리고 결국 토산 위 꼭대기에 올렸다.
"깃발을 꽂아라."
토산의 정상에 올라왔다. 그때서야 적들이 눈에 들어왔

다. 적들은 아무것도 하지 않았다. 아니 하지 못했다.

"아버지, 해냈습니다."

"그래, 해냈다."

우리가 해냈다. 토산을 무너트렸다. 그리고 정상에 올랐다.

"함성을 질러라. 이세민에게 우리가 토산을 차지했음을 알려라."

"와!"

이제 우리의 승리가 눈앞에 보이기 시작했다. 이길 수 있다. 이세민을 물리칠 수 있다. 한번 이세민의 마지막 공격을 막으면 우리는 승리할 수 있다.

양만춘이 토산을 차지했다. 내가 힘들게 쌓은 토산을 양만춘이 차지하고 말았다.

"부복애, 고하라."

"통촉하여 주시옵소서."

내 명령을 거역하고도 살기를 바라는 것이냐?

"내가 분명 토산을 떠나지 마라 명했다. 하지만 너는 내 명을 거역하고 토산을 떠났다. 이유가 무엇이냐?"

"새벽녘 화려한 마차가 비단과 금으로 장식된 보석을 가지고 안시성을 떠나는 것을 발견했습니다."

양만춘의 기만책이다. 어찌 그런 단순한 기만책에 속는단 말이냐? 양만춘은 절대 안시성을 포기할 사람이 아니다.

"얼굴을 보았느냐? 그 자가 양만춘이더냐?"

"보지 못하였습니다."

"보지도 못했는데 어찌하여 토산을 버리고 그 자를 따라갔느냐?"

"마차 뒤에 실은 비단과 금은보화 때문에 쉽게 따라잡을 거라 생각했습니다. 빨리 얼굴만 확인하고 돌아오려 했습니다."

양만춘을 잡겠다는 생각으로 나의 명을 거역한 것이다.

"닥쳐라, 내가 분명 어떠한 일이 있더라도 토산을 떠나지 마라 명했다. 너는 나의 명을 거역했다."

"목숨만은 살려주십시오."

모든 것을 망쳐 놓고 살기를 바라는 것인가? 목숨이 그렇게 중요해서 무릎을 꿇고 고개를 처박고 목숨을 구걸하는 것이냐?

"고개를 들어라."

그렇게 목숨이 소중했으면 나의 명을 거역하지 말았어야 했다.

"감사합니다."

"감사할 필요 없다. 너의 구걸을 받을 생각이 없을 뿐이다."

뒷걸음치지 말고 사내답게 죽어라.

"살려 주십시오."

내가 뽑은 검이 무서운가? 너는 나의 검보다 내 명령을 더 두려워했어야 옳았다.

"죽어라."

"살려……. 컥—."

나의 검에 목이 잘린 부복애가 힘없이 쓰러졌다.

"이 자의 목을 효수梟首하라."

"예."

"이도종."

"예."

"과의를 관리 못한 너의 죄도 죽어 마땅하나, 지금까지 공로가 있기에 목숨은 살려주겠다."

"성은이 망극하옵니다."

"너에게 명한다. 토산을 찾아 오라."

"예, 신명을 바치겠습니다."

이도종, 나는 너를 좋아한다. 하지만 토산을 다시 찾아오지 못한다면 나는 너를 미워할 것이다. 싫어할 것이다. 너는 나의 손에 비참하게 죽을 것이다.

"모두 물러가라!"

나 이세민이 양만춘의 손아귀에서 놀아났구나.

"양만춘."

쿵.

"양만춘—."

우직—.

"양만춘—."

챙—.

"양만춘—."

부지직—.

"양만춘—"

우당쾅쾅—.

"헉. 헉. 헉. 헉. 헉. 헉."

"황제폐하, 괜찮으십니까?"

장손무기인가?

"괜찮다, 물러가라."

"황제폐하."

장손무기가 안절부절못하고 있다. 왜지? 눈가 주변이 따끔거린다. 그리고 세상이 붉게 보인다.

"피가 흐르고 있습니다."

집기를 부술 때 파편이 튄 것인가? 반 년이 넘는 고구려 정벌에서 상처 하나 없었다. 수십만의 고구려 병사가 하지 못한 것을 부서진 집기 파편이 해내었다.

"진정하십시오. 아직 전쟁은 끝나지 않았습니다. 안시성주가 토산을 점령했다고 해도 병력은 소수입니다."

장손무기의 이야기가 맞다. 나에게는 아직 수십만의 병사가 있다. 아직 전쟁은 끝나지 않았다. 아직—.

병력의 움직임이 심상치 않다. 적들은 토산을 다시 차지하기 위해 공격을 시작할 것이다. 역시 이세민은 포기하지 않았다.

"빨리 목책을 세우고 참호塹壕를 파라. 적들이 곧 공격할 것이다."

이세민은 패배를 인정할 생각이 없다.

"적들이 몰려온다."

마지막이다. 이번 공격만 막으면 이 지긋지긋한 전쟁이 끝난다.

지금 안시성에 모여 있는 모든 병력을 동원했다. 더 이상 늦출 수 없다. 토산을 오르고 안시성을 함락시켜야 한다.

"모든 준비가 끝났습니다."

"진격시켜라, 모두 죽여라."

양만춘을 갈기갈기 찢어 죽이리라. 안시성에 살아 있는 것은 풀 한 포기 남겨두지 않을 것이다.

적들이 밀려온다. 토산 위에 오를 수 있는 인원은 고작

500명이다. 500명으로 30만의 대군을 막아야 한다.

"적들이 올라옵니다."

"기다려라. 적이 충분히 올 때까지 기다려."

가파른 토산을 오르는 것은 힘이 드는 일이다. 지친 상대를 공격해야 한다.

"지금이다, 공격하라."

양만춘, 그곳에 있는 것이냐? 토산 위에서 앉아 나를 비웃고 있는 것이냐?

"공격해, 적에게 쉴 틈을 주지 마라. 공격을 멈추지 마라."

"죽여, 모두 죽여버려."

기다려라, 양만춘. 안시성을 함락시키고 너의 시체 위에 앉아 너를 비웃어 주마.

밀어내야 한다. 적들을 밀어내고 목책과 참호를 완성해야 한다.

"통나무를 굴리고 돌을 던져라. 적들이 올라오지 못하

게 막아."

적들의 공격이 멈추지 않는다. 조금의 시간이 필요하다.

"밀어내, 공격하라고."

나의 병사들이 토산에서 밀려나고 있다. 밀려나서는 안 된다. 적들에게 쉬는 시간을 주면 안 된다.

"공격하라, 멈추지 마라. 쉬지 말고 공격하라."

밀리면 안 된다. 더 이상 시간을 준다면 토산 위에 목책이 완성된단 말이다.

다행히 성에서 토산으로 올라오는 길이 정비되었다. 이제 차륜전(車輪戰 병사를 여러 부대로 나눠 교대하면서 하는 전투)이 가능해졌다.

"다치고 지친 병사는 퇴각하라. 새로 들어온 병사는 전투를 준비하라."

되었다. 전투가 한결 수월해진다.

양만춘이 차륜전에 들어갔다. 이대로는 토산에 오를 수

없다. 양만춘의 차륜전을 막아야 한다.

"안시성을 공격할 수 있는 모든 곳에 전면 공격하라."

"황제폐하, 전면 공격은 병력의 손실이 너무 많습니다."

"알고 있다. 그러니 닥치고 나의 명을 실행해."

안시성을 함락시키기 위해서는 토산을 점령하는 방법뿐이다. 토산 위에서 차륜전을 할 수 없게 만들어야 한다. 그래야 토산을 점령할 수 있다.

이세민이 전방위(全方位 가능한 모든 영역) 공격을 하기 시작했다.

"막아—."

"죽여—."

"밀어내!"

"공격하라!"

안시성 이곳저곳에서 비명과 괴성이 담긴 악다구니가 들려왔다. 얼마나 시간이 지났는지 모르겠다. 얼마나 많은 병사가 죽었는지도 모르겠다. 이런 빌어먹을 전쟁이 빨리 끝났으면 좋겠다는 마음뿐이다.

밤낮으로 병력을 밀어넣은 지 이틀이 지났다. 이틀 동안 쉬지 않고 공격했다. 수많은 병사들을 안시성과 토산으로 밀어넣었다. 그러나 양만춘은 안시성과 토산 모두를 지켜냈다.

"지금 뭐 하고 있는 것이냐? 왜? 아직도 함락시키지 못하고 있느냐? 안시성을 함락시키란 말이다. 양만춘을 죽이란 말이야."

나와 같이 수많은 전쟁을 누비던 자들이 아무런 말도 없다. 변명도 못하는 것인가? 무능하다. 너무 무능해서 모두 죽여버리고 싶다.

멀리 나를 주시하고 있는 이세민이 보인다. 처음 이세민을 보았을 때 이세민은 거인과 같았다. 하지만 지금은 작고 초라해 보인다.

수십만 병사들의 죽음으로 이세민이 무엇을 얻은 것인가? 무엇을 얻었든 그것이 생명보다 소중한 것인가? 나는 알 수 없다. 알고 싶지도 않다.

양만춘, 그는 나에게는 아무것도 아니었다. 길을 가다, 스쳐 지나가다 밟은 벌레보다 못한 이였다. 처음 보았을 때 나는 양만춘을 비웃었다. 감히 나에게 반기를 드는 무모함에 고개를 흔들었다.
 그러나 지금은 너무 커 보였다. 너무 커 넘을 수 없다는 생각만 들었다.

 수많은 병사들이 죽고 다치고 치쳤다. 그리고 지금도 죽어가고 있다. 이제 전쟁은 중요하지 않다. 누가 이겨도 우리는 너무 많은 상처를 입었다.
 수많은 백성들이 사랑하는 사람들을 잃었다. 그들의 상처와 슬픔은 전쟁의 승패와 상관이 없다.

 수많은 병사들이 대지 위에 누웠다. 서 있는 병사들도 죽은 사람의 눈을 가지고 있다. 가만히 바라본 병사들의 눈은 두려움이 가득 차 있었다. 죽음에 대한 두려움도 패배에 대한 두려움도 아니었다.
 그것은 나에 대한 두려움이다. 하지만 나는 멈출 수 없다. 한 번, 마지막 단 한 번의 공격이면 된다. 이번 공격이면 안시성을 함락시킬 수 있다.

"공격하라."

다시 적들이 몰려온다. 몰려오는 적들의 눈은 이미 죽어 있었다. 이세민은 아직 포기하지 않은 것일까? 안시성벽과 토산 밑에 쓰러져 있는 수많은 병사들을 보고도 아무런 생각이 들지 않는 것인가?

나는 절대 이세민처럼 난세를 평정하고 태평성대를 이루는 영웅이 되지 못할 것이다. 아니 되지 않을 것이다.

이번 한 번만 하면 될 것이다. 다시 한 번 공격한다면 안시성을 함락시킬수 있다. 한 번 단 한번. 마지막 한 번의 공격이 필요하다.

"다시 공격을 준비시켜라."

왜? 대답이 없는 것이지?

"공격을 준비시켜라."

감히 내 명을 무시하는 것이냐?

"답하라."

 장손무기. 이적. 이도종. 계필하력. 왜 답하지 않고 그런 눈으로 나를 바라보는 것이냐?

"답하라."

"불가하옵니다."

 장손무기. 감히 나의 명을 거역하는 것이냐?

"뭐라고? 감히 나의 명을 거부하다니? 장손무기, 네가 진정 죽고 싶은가 보구나."

"이미 많은 병사가 죽었습니다. 더 이상 전투는 불가능합니다."

"닥쳐라, 전쟁에서 병사가 죽는 것은 당연한 일이다!"

"군량도 모두 소진했습니다. 굶주린 상태로는 전쟁을 할 수도 없습니다. 이제 요동성으로 돌아가야 합니다."

 아직이다. 한 번만 더 공격하면 안시성을 함락할 수 있단 말이다.

"아니다, 아직 아니란 말이다. 한 번 단 한 번만 더 공격하면 안시성을 함락시킬 수 있다."

"전쟁은 끝이 났습니다."

"아직 안 끝났다."

"끝났습니다. 곧 겨울입니다. 눈이 오기 전에 요동성으로 퇴각해야 합니다. 눈이 온다면 전투보다 추위와 굶주림에 죽는 병사가 더 많을 것입니다."

이세민의 공격이 멈추었다. 하지만 아무도 기뻐하지 않았다. 그저 멍하니 하늘을 바라볼 뿐이었다.

"아버지, 눈입니다. 눈이 내립니다."

하늘도 더 이상의 죽음은 원치 않는 모양이다.

눈이 내린다.

눈이 내린다.

전쟁은 끝났다.

전쟁은 끝났다.

나의 패배로 전쟁은 끝났다.

우리의 승리로 전쟁은 끝났다.

하지만 결코 끝은 아니다.

하지만 결코 끝이 아니다.

나는 조만간 고구려를 내 앞에 무릎 꿇릴 것이다.

이세민은 다시 고구려를 공격할 것이다.

내가 못하면 내 자식이 내 자식이 못하면 손자가.

그때 내가 다시 이세민을 막을 수 있기를 바란다.

고구려가 무릎을 꿇을 때까지 끝나지 않을 것이다.

이와 같은 비극은 다른 이가 아닌 내가 안고 가기를 바랄 뿐이다.

◉ 작가의 말

『최후의 결전 안시성』은 저의 첫 작품입니다. 저의 조악한 글을 좋게 보아주시고 출판까지 해주신 신아출판사에 감사를 드립니다.

역사 소설을 쓰면서 중요한 점은 작가의 상상이 역사를 왜곡하지 않는 것이라 생각합니다. 하지만 안타깝게도 고구려의 역사는 남아 있는 것이 별로 없습니다.

『최후의 결전 안시성』을 쓰면서 많은 자료를 찾아보았습니다. 하지만 당의 관점에서 쓰인 자료는 많지만, 고구려의 관점에서 쓰인 자료는 거의 없었습니다.

가장 안타까운 점은 안시성주에 대한 자료가 거의 없습니다. 양만춘이라는 이름 또한 임진왜란 때 당시 조선으로 온 명 장수인 구정도가 지금은 전해지지 않는『태종동정기太宗東征記』와『당서연의唐書演義』서책에 안시성주의 이름이 '양만춘'이라 기록되었다고 전했을 뿐입니다.

이런 아쉬움 속에 『최후의 결전 안시성』은 저의 상상이 더 많이 들어가게 되었습니다. 첫 장편을 쓰다 보니 창작의 어려움과 저의 부족함을 절실히 느꼈습니다. 더욱 정진해서 좋은 작품으로 다시 찾아뵙겠습니다.

김상중 장편소설

최후의 결전

초판 1쇄 인쇄 2018년 8월 6일
초판 1쇄 발행 2018년 8월 10일

지 은 이 김상중
발 행 인 서정환
발 행 처 신아출판사
주　　소 전북 전주시 완산구 공북1길 16
전　　화 (063) 275-4000
팩　　스 (063) 274-3131
이 메 일 sina321@hanmail.net
출판등록 제465-1984-000004호
인쇄·제본 신아출판사

저작권자 ⓒ 2018, 김상중
이 책의 저작권은 저자에게 있습니다. 서면에 의한 저자의 허락없이 내용의
일부를 인용하거나 발췌하는 것을 금합니다.
COPYRIGHT ⓒ 2018, by Kim SangJung
All rights reserved including the rights of reproduction in whole or
in part in any form.
저자와 협의하여 인지는 생략합니다.
잘못된 책은 바꿔 드립니다.

ISBN 979-11-5605-549-5 03810
값 13,000원

이 도서의 국립중앙도서관 출판예정도서목록(CIP)은 서지정보유통지원시스템 홈페이지
(http://seoji.nl.go.kr)와 국가자료공동목록시스템(http://www.nl.go.kr/kolisnet)에서 이용
하실 수 있습니다. (CIP제어번호 : CIP2018023089)

Printed in KOREA